La collection
RÉVERBÉRATION
est dirigée par

Gaëtan Lévesque

Dans la même collection

Aude, *Éclats de lieux*, nouvelles.
Étienne Beaulieu, *Trop de lumière pour Samuel Gaska*, récit.
Renald Bérubé, *Les caprices du sport*, roman fragmenté.
France Boisvert, *Vies parallèles*, nouvelles.
Mario Boivin, *L'interrogatoire Pilate*, fiction historique.
Véronique Bossé, *Vestiges*, nouvelles.
Gaëtan Brulotte, *La contagion du réel*, nouvelles.
John Calabro, *Le cousin*, novella, traduit de l'anglais par Hélène Rioux.
André Carrier, *Rue Saint-Olivier*, roman.
Daniel Castillo Durante, *Le silence obscène des miroirs*, roman.
Hugues Corriveau, *De vieilles dames et autres histoires*, nouvelles.
Esther Croft, *L'ombre d'un doute*, nouvelles.
Esther Croft, *Les rendez-vous manqués*, nouvelles.
Jean-Paul Daoust, *Sand Bar*, récits.
Danielle Dussault, *La partition de Suzanne*, roman.
Francisca Gagnon, *Les chercheurs d'aube*, nouvelles.
Pierre-Louis Gagnon, *Le testament de Maïakovski*, roman.
Louis-Philippe Hébert, *La Cadillac du docteur Watson*, roman.
Louis-Philippe Hébert, *Celle d'avant, celle d'après*, roman.
Fernand J. Hould, *Les cavaleurs*, nouvelles.
Pierre Karch, *Nuages*, contes et nouvelles.
Sergio Kokis, *Amerika*, roman.
Sergio Kokis, *Clandestino*, roman.
Sergio Kokis, *Culs-de-sac*, nouvelles.
Sergio Kokis, *Dissimulations*, nouvelles.
Sergio Kokis, *Makarius*, roman.
Henri Lamoureux, *La Mariée des montagnes Vertes*, roman.
Henri Lamoureux, *Orages d'automne*, roman.
Guillaume Lapierre-Desnoyers, *Pour ne pas mourir ce soir*, roman.
Andrée Laurier, *Avant les sables*, novella.
Andrée Laurier, *Le Romanef*, roman.
Stéphane Ledien, *Bleu tout-puissant*, roman.
Stéphane Ledien, *Un Parisien au pays des pingouins*, récits.
Marcel Moussette, *La photo de famille*, roman.
Christine O'Doherty, *Le pont de l'Île*, roman.
Hélène Rioux, *L'amour des hommes*, roman.
Maurice Soudeyns, *Qu'est-ce que c'est que ce bordel !*, dialogues.
André Thibault, *Sentiers non balisés*, roman.
Nicolas Tremblay, *L'esprit en boîte*, nouvelles.
Nicolas Tremblay, *L'invention de Louis*, anticipation.
Nicolas Tremblay, *Une estafette chez Artaud*, autogenèse littéraire.
Gisèle Villeneuve, *Outsiders*, nouvelles.
Claude-Emmanuelle Yance, *Cages*, nouvelles.
Claude-Emmanuelle Yance, *La mort est un coucher de soleil*, roman.

Fuir avec le feu

Du même auteur

Du stéréotype à la littérature, essai, Montréal, XYZ éditeur, 1994 (prix Victor-Barbeau 1995 de l'Académie des lettres du Québec).

Ernesto Sábato. La littérature et les abattoirs de la modernité, essai, Francfort/Madrid, Iberoamericana, 1995.

Sade ou l'ombre des Lumières, essai, New York/Paris, Peter Lang, 1997.

Les foires du Pacifique, roman, Hull, Vents d'Ouest, 1998 (prix littéraire Le Droit 1999).

*Los vertederos de la postmodernidad. Literatura, cultura y sociedad en América Latin*a, essai, México, Dirección de Literatura, Universidad Autónoma de México, 2000.

Les dépouilles de l'altérité, essai, Montréal, XYZ éditeur, 2004 (Finaliste au prix Raymond-Klibansky 2004-2005 du CRSH).

La passion des nomades, roman, Montréal, XYZ éditeur, 2006 ; Montréal, Lévesque éditeur, 2014 (prix Trillium 2007).

Un café dans le Sud, roman, Montréal, XYZ éditeur, 2007 (Prix de la Société des écrivains francophones d'Amérique 2008).

Littérature, culture et société en Amérique latine. Les dépotoirs de la postmodernité, essai, Québec, Presses de l'Université Laval, 2008.

Ce feu si lent de l'exil, roman, Montréal, XYZ éditeur, 2009.

Le silence obscène des miroirs, roman, Lévesque éditeur, 2011 (Finaliste au Prix des lecteurs de Radio-Canada 2012).

DANIEL CASTILLO DURANTE

↳ écrivain franco-ontrarien d'origine argentine

↳ rapport entre ses ouvrage théorique et de fiction (proffesseur-écrivain)
- stéréotupe
- interculturel

↳ Nomade et grand voyageur

FUIR AVEC LE FEU

↳ souligné

nouvelles

↳ plus récente publication.

Lévesque éditeur
RÉVERBÉRATION

Catalogage avant publication
de Bibliothèque et Archives nationales du Québec et Bibliothèque et Archives Canada
Castillo Durante, Daniel
Fuir avec le feu : nouvelles
(Réverbération)
ISBN 978-2-924186-46-6
I. Titre. II. Collection : Réverbération.
PS8555.A785F84 2014 C843'.54 C2014-941432-3
PS9555.A785F84 2014

Lévesque éditeur remercie le Conseil des arts du Canada (CAC)
et la Société de développement des entreprises culturelles du Québec (SODEC)
de leur soutien financier.

Lévesque éditeur
11860, rue Guertin
Montréal (Québec) H4J 1V6
Téléphone : 514.523.77.72
Télécopieur : 514.523.77.33
Courriel : info@levesqueediteur.com
Site Internet : www.levesqueediteur.com

Dépôt légal : 3e trimestre 2014
Bibliothèque et Archives Canada
Bibliothèque et Archives nationales du Québec
ISBN 978-2-924186-46-6 (édition papier)
ISBN 978-2-924186-47-3 (édition numérique)

Distribution au Canada
Dimedia inc.
539, boul. Lebeau
Saint-Laurent (Québec) H4N 1S2
Téléphone : 514.336.39.41
Télécopieur : 514.331.39.16
www.dimedia.qc.ca
general@dimedia.qc.ca

Distribution en Europe
Librairie du Québec
30, rue Gay-Lussac
75005 Paris
Téléphone : 01.43.54.49.02
Télécopieur : 01.43.54.39.15
www.librairieduquebec.fr
libraires@librairieduquebec.fr

Production : Jacques Richer
Conception graphique et mise en pages : Édiscript enr.
Photographie de la couverture : Dmytro Demianenko | 123rf.com
Photographie de l'auteur : Martine Doyon

Quand il se réveilla,
le feu était toujours là.

Thème 1 : Feu
Thème 2 : Fuite →

Le pardon du bout du monde

Tu viendras parce que ton heure aura sonné. Mais il faudra d'abord parler. Pas besoin de verbes ni de phrases toutes faites, encore moins de clichés, des monosyllabes suffiront. Même si tu ne réponds que par des oui et des non, la dette que tu as passée sous silence pendant si longtemps viendra elle aussi avec toi. Ta dette à mon égard, ta reconnaissance de dette, tu ne pourras plus jouer à cache-cache avec elle. Il te sera dorénavant impossible de rester muet comme une carpe. Le temps de briser ton silence est enfin arrivé, ça, au moins, tu le sais, n'est-ce pas ? J'ai trop vécu avec ce silence qui t'a servi de tanière. Tu as eu beau rouler ta bosse aux quatre coins de la planète, tu resteras une taupe tant que tu n'auras pas parlé. Ça aussi, tu le sais. De mon côté, non, je n'ignore pas que j'ai mis un temps fou à te retrouver. Mais j'avais besoin de toutes ces années-là pour savoir ce que je voulais faire une fois que j'aurais mis la main sur toi. Je n'avais que dix-huit ans quand j'ai quitté Lima pour aller à San Miguel de Allende avec ce vieux gringo qui était prêt à tout pour me garder avec lui. Tout comme les autres, il prétendait me protéger, tu parles ! Je l'ai vu abandonner femme et enfants sans un regret. J'ai écouté impassible ses justifications à huis clos et je n'ai pas levé le petit doigt pour lui faire entendre raison. Ce n'était d'ailleurs pas le « petit doigt » qu'il réclamait de moi. Je n'avais pas d'autre option à l'époque que de le suivre. Comment aurais-je pu autrement partir de ce foutu pays ? Il fallait que je quitte la maison si je ne voulais pas mourir. Lima n'était qu'une prison pour moi, ça, tu le savais mieux que personne, aurais-tu l'effronterie de le nier ? Enfant, je me couchais nue en attendant l'heure où le couloir ferait résonner des pas qui viendraient me chercher. T'en souviens-tu, cher frère ? Oublié, dis-tu ? Comment peux-tu avoir oublié tes propres pas dans ce couloir sombre qui menait à mon corps ? Mais pour qui me prends-tu ? Jamais, m'entends-tu ? jamais je ne cesserai d'entendre tes pas résonner dans la nuit noire de ma mémoire de treize ans. Tu avais deux ans de plus que moi, et à l'époque ça comptait, crois-moi ! À quinze ans révolus, tu étais son messager, celui par lequel la volonté du père arrivait. Le pire du père, son besoin insensé de rabaisser, de salir, de broyer ce qui aurait dû être chéri. C'était bien toi qui frappais à ma porte, trois petits coups qui trois fois par semaine — lundi, mercredi et vendredi — me rappelaient que mon corps ne m'appartenait pas et que je devais me rendre là où il attendait sa part de chair de sa chair. Si tu savais seulement le temps qu'il m'a fallu pour trouver les mots qui disent vraiment ce que j'ai vécu ! Rien qu'à l'idée de traduire avec des phrases ta trahison, j'avais la nausée. Au début, la haine était si fraîche qu'elle me dévorait les entrailles sans que j'arrive à faire sortir quoi que ce soit de ma bouche. C'est au Mexique que j'ai commencé à prononcer des mots, sans lesquels le passé brûle comme un feu qui ne doit rien à personne. Un feu qui broie et calcine tout ce qui n'est pas lui-même. Un feu étranger au plus profond de moi-même, mais que je devais alimenter à mon corps défendant. Nuit après nuit, à cause de ta complicité, j'étais devenue celle qu'on immolait dans le plus abject des silences. L'Américain, quant à lui, après avoir tout quitté pour savourer sa proie, n'avait pas trouvé mieux que de nous dénicher une maison juste en face de l'église la plus ancienne de San Miguel de Allende. Je guettais par la fenêtre avant de mettre les pieds sur le trottoir pour ne pas tomber nez à nez avec le curé de la paroisse. Comment aurais-je pu confesser à un homme en jupe noire ce que j'avais vécu au Pérou pendant cinq ans ? C'est dans les *cantinas*, entre deux boissons, que j'ai commencé à parler. Je me glissais du lit à l'heure où la lumière avait la douceur du miel de sarrasin et j'entendais chanter les coqs sur les quelques terrasses que les gringos n'avaient pas encore achetées. L'idée de me réveiller dans le même lit que celui qui m'avait aidée à m'extirper de Lima me devenait de plus en plus insupportable. Il n'était pas méchant, mais ses caresses réveillaient en moi de très mauvais souvenirs et je n'y pouvais rien. À certains moments, j'aurais voulu lui dire le malaise que mon corps ressentait à chacune de ses caresses, mais son espagnol était aussi maladroit que ses mains.

Je ne sais pas pourquoi je te raconte tout ça alors que ton sort est scellé. Ça, tu le sais trop bien, mais où pourrais-tu aller te cacher pour éviter le dénouement qui t'est destiné ? Tu t'es déjà trop caché par le passé, même qu'à force de le faire, tu as perdu de vue ce qui permet à un fuyard de redevenir un homme. Comment as-tu pu accepter de vivre avec ce que tu m'as fait ? Dois-je te rappeler que ta vie ne vaut plus rien aujourd'hui ? Dès que mes yeux te reverront, tu seras une dernière fois cette ordure qui prenait sa petite sœur par la main pour la remettre à celui qui l'enterrait vivante. Pas l'ombre d'un regret. Pas la moindre tentative de révolte, ne serait-ce que pour la forme. Je sais, tu n'avais que quinze ans, mais l'année d'après tu en avais eu seize, puis dix-sept, et dix-huit et dix-neuf et enfin vingt sans avoir essayé un seul instant de me venir en aide. Te voyant si peu enclin à me protéger, j'avais fini par te voir comme une sorte de complice qui, à sa façon, s'associait au plaisir de l'autre, faisait corps avec lui. Ça, vois-tu ? il va falloir que tu me l'expliques avant de connaître le sort qui t'est réservé. Oui, il va falloir que tu me regardes droit dans les yeux et que tu me dises ce que tu éprouvais en me prenant par la main pour m'emmener là où je devais troquer ma frayeur d'enfant contre un corps de pute. Pour une fois dans ta chienne de vie, tu vas devoir me regarder bien en face au lieu de te présenter comme un simple instrument de celui qui m'attendait. Son décès, tu dois t'en douter à présent, ne m'aura pas été étranger. J'ai appris qu'il était très malade ; je n'allais surtout pas laisser le cancer l'aider à s'enfuir. Sa mort m'appartenait. Il me la devait. Je me suis rendue à Lima en compagnie de Manuel de Oaxaca, l'un des employés de mon mari. Tu le connaîtras sous peu, rien ne l'arrête, à tel point qu'on le nomme Destino dans le milieu. Mon mari a pleine confiance en lui. Je te l'apprends maintenant, écoute-moi bien, ce sera sous son regard, un tiers indien, un tiers blanc et un tiers noir, que tu connaîtras la fin qui t'est promise. Toujours est-il que le soir où je suis arrivée au pavillon des cancéreux de l'hôpital de Lima, où beaucoup de fumeurs terminent leurs jours dans des souffrances atroces, tout était en place pour que personne ne me dérange. Ni infirmière, ni docteur, ni interne… Seul dans une chambre étroite qui préfigurait déjà son cercueil, couché et intubé avec cette pâleur bilieuse de ceux qui livrent leur dernier combat. Tout en me reconnaissant, son visage est resté inerte, et j'ai eu l'impression que la maladie qui grugeait ses poumons ne lui permettait plus d'oxygéner son désir. Ses yeux qui brillaient la nuit comme des lampions de Sodome étaient éteints. J'ai compris tout de suite que j'étais arrivé trop tard. Jamais il n'entendrait ce que j'avais à lui dire parce que la mort l'enfermait déjà dans sa bulle, et c'eût été comme si j'interpellais une tombe. Du coup, j'ai eu honte d'être là avec cet homme qui avait été mon père. Frustrée et enragée contre moi-même d'avoir attendu trop longtemps, je lui ai tourné le dos et j'ai quitté la chambre en lui souhaitant une agonie aussi lente que celle de mes treize ans.

On me dit que tu es enfin arrivé et que tu as demandé à parler à Madame Obregoso. Madame Obregoso, c'est moi, la femme de Gustavo Obregoso Correa, mieux connu sous le nom de Gozo, l'un des hommes les plus puissants du Triángulo del Sol. Ses hôtels et ses boîtes de nuit attirent des milliers de touristes chaque année entre Taxco, Acapulco et Ixtapa-Zihuatanejo. Autant il peut être impitoyable en affaires, autant sa douceur ne connaît pas de limites à mon égard. Jamais un homme n'a été aussi généreux et loyal envers moi. C'est grâce à lui et à son réseau que je t'ai retrouvé au Canada. Professeur d'espagnol dans une école de langues privée à Ottawa ! Qui l'aurait cru ? Toi dont le silence a toujours été la marque de commerce, te voilà caché sous une identité d'emprunt ! Mais est-ce que tu sais seulement ce que parler veut dire ? Toi qui n'as pas cherché à expier ne serait-ce qu'en partie le mal qui m'a été fait. Toi qui n'as jamais prononcé le seul mot qui aurait pu te racheter à mes yeux. Toi qui, sans l'aide de Gustavo Obregoso Correa, mon époux, aurais continué à sévir dans ma mémoire comme le plus immonde des messagers. Le plus traître parmi les traîtres. Toi, le frère qui était censé me protéger. Oui, je sais, tu as accepté de ton propre gré de venir ici, mais pouvais-tu vraiment faire autrement ? Dès que Gustavo met Destino aux trousses de quelqu'un, aucune tentative de fuite n'est plus possible. Il vous talonne, colle à votre ombre, rendant l'air irrespirable. Aussi as-tu collaboré pour que tout se déroule dans les meilleurs délais et sans anicroche; mais tout a été défrayé par Gustavo, et la chambre d'hôtel dans laquelle tu as passé tes trois premières nuits à Mexico, beaucoup la voudraient pour leur lune de miel.

Tu as donc demandé à parler à Madame Obregoso, me dit-on, et je me demande si au moment de te présenter devant moi tu auras au moins le courage de soutenir mon regard ou si, lâchement, tu baisseras la vue comme tu le faisais quand j'ouvrais ma porte pour que tu m'emmènes à travers le couloir jusqu'à la chambre que la pénombre et l'odeur de cigarette ne rendaient que plus sinistre. Gustavo me conseille d'en finir au plus vite. *Pourquoi s'entretenir avec une telle vermine ? Une balle entre les deux yeux, c'est tout ce qu'il mérite.* Il faut le comprendre, c'est un homme d'affaires, expéditif et pragmatique, les choses ne traînent pas avec lui, puis il a appris très vite à se faire justice par ses propres moyens. Qui pourrait l'en blâmer? Nous sommes dans un pays extrêmement dur qui soit nous tue, soit nous rend plus forts. Mon mari fait partie de ceux qui ont survécu et qui gardent entre leurs dents le goût du sang. Si ce n'était que de lui, tu serais déjà sur la route d'un de ces abattoirs clandestins où la mort frappe à ciel ouvert. On tue beaucoup au Mexique, c'est vrai, mais on y vit aussi intensément. Entre la vie et la mort, pourquoi as-tu choisi le silence? Et le pardon, que fais-tu du pardon? N'as-tu jamais éprouvé le besoin de te traîner jusqu'à ta faute, histoire d'implorer à hauteur de paillasson la pitié que tu n'as jamais accordée à celle que tu emmenais sur le bûcher? Je suis bien contente que tu sois en bonne santé, à ce qu'on me dit. Je n'aurais surtout pas voulu te retrouver malade comme notre père et voir ainsi ma juste colère me filer entre les doigts. Non, toi, tu auras droit à ta pleine conscience pour répondre à la seule question qui compte :

— Pourquoi ?

Tu me regardais sans rien dire alors que la question pendait comme une épée de Damoclès au-dessus de ta tête, incapable de prononcer le moindre mot qui aurait pu exprimer ce que tu ressentais à me voir au milieu de ce vaste salon flanquée de deux gardes du corps. J'aurais préféré te recevoir en tête-à-tête, mais Gustavo m'avait suppliée d'accepter la présence de ces deux hommes, qui avaient toute sa confiance. Poroto et Helado, deux noms de chiens, prêts à te sauter dessus au moindre signal de ma part. Ils ne te quittaient pas des yeux.

— Pourquoi ?

Ma voix, sereine en dépit des circonstances, mes cheveux maintenant blonds et l'expression impassible du masque exigé par le passé te laissaient pantois. Puis mon visage qui n'a pas pris une ride, et les formes athlétiques d'un corps que j'ai enfin récupéré pour le rendre ferme et svelte comme un sabre prêt à abattre tout ce qui ferait obstacle à mon besoin de réparation.

— Je te reposerai la question autant de fois qu'il le faudra, mais sache que le sablier est déjà à l'œuvre et que ton silence ne fera que rendre ta fin moins plaisante, beaucoup moins plaisante.

Mes propos te déconcertaient également. Je le voyais à ton regard interloqué et à l'expression de ta bouche, qui se raidissait comme si elle hésitait à choisir les mots qu'il fallait.

— Pourquoi ?

— Pardon, Blanca, pardon.

Ce mot-là venant finalement de ta bouche m'a déstabilisée sur le moment, je l'avoue, et il a fallu que je me ressaisisse pour ne pas céder à la tentation de te croire ou, pire encore, de l'accepter.

— Tu n'as plus le droit de me nommer ! Blanca est morte à Lima, m'entends-tu ? Toi et l'homme pour lequel tu frappais à ma porte l'avez enterrée vivante. Je m'appelle Señora Obregoso et rien d'autre.

— Pardon…

— Pourquoi n'as-tu jamais cherché à me joindre, à me faire connaître ce pardon que tu nous sors aujourd'hui comme un lapin d'un chapeau de magicien ?

— Tu étais très jeune quand tu as quitté la maison, père ne faisait que boire.

— Tu savais que j'étais à San Miguel, tu aurais pu m'écrire.

— Père était au chômage, tout était devenu très difficile. Nous avons été obligés de déménager dans un quartier où le facteur ne passait jamais.

— Tu n'as même pas cherché à savoir ce que je faisais au Mexique.

— Père disait que tu vivais chez les riches, que tu ne voulais plus nous voir.

Je t'ai longtemps regardé un sourire aux lèvres. Amer, très amer, mon sourire, dois-je le préciser ? Lâche jusqu'à la fin, tu refusais de revenir vers moi avec ta responsabilité à bout de bras.

— Dis-moi, quand tu me prenais par la main pour m'emmener dans sa chambre, pourquoi n'as-tu jamais tenté de faire quelque chose ?

Pour la première fois depuis que tu étais devant moi, tu as baissé les yeux, tu t'es raclé la gorge, puis ton regard m'est revenu sans force et fuyant :

— J'avais peur de lui, tu connaissais sa colère quand il se mettait à boire…

— C'est parce que tu avais la frousse que tu me laissais seule avec lui ? Comment pouvais-tu t'en aller dormir sur tes deux oreilles tandis que je restais dans sa chambre ?

— Pardon…

— Et ma colère à moi, que dis-tu de ma colère ? As-tu peur de ma colère ?

J'ai failli ricaner en observant ton regard de poltron se heurter au visage fermé de mes deux gorilles.

— Je ne fuis plus, je suis venu ici de mon plein gré. Je peux encore une fois changer de pays. Je suis prêt à partir pour la Terre de Feu, à m'installer à Ushuaïa, la ville la plus australe de la planète, là où les criminels purgeaient leur peine autrefois. Ta colère est juste, je la comprends… Tu vois, je viens implorer ton pardon du bout du monde…

— Non, tu ne peux pas me comprendre. Pour me comprendre, il aurait fallu que tu vives ce que j'ai vécu. Et pour vivre ce que j'ai vécu, il aurait fallu au moins que tu te mettes à ma place. Si tu l'avais fait, je me serais sentie moins seule et j'aurais peut-être eu la force de le tuer… Si seulement j'avais pu le tuer, nous n'en serions pas là aujourd'hui…

Malgré l'effort que je faisais pour paraître calme, je sentais mon cœur battre à tout rompre. Je m'en voulais de revivre encore une fois ce sentiment de haine qui avait ruiné mon adolescence et une bonne partie de ma jeunesse. Je t'ai regardé et j'ai vu tes yeux secs me fixer en silence. C'est là que j'ai compris pourquoi tu devais disparaître : tu étais un miroir obscène du passé que seule la mort pouvait briser. Alors, je suis partie sans regarder en arrière. Cette fois, c'est moi qui ai fermé la porte, derrière laquelle le dernier miroir de mon passé volerait en éclats.

Thème 1 : Fuite →
Thème 2 : Feu

Le fugitif

Il avait les cheveux longs très noirs et la peau basanée. Plutôt grand, il présentait une allure maîtrisée sans être affectée. Le café, noir, il le prenait toujours au même bistrot du Mile End. Son âge indéchiffrable, tellement un cocktail de races brouillait les pistes, lui donnait un air de revenant. Comme s'il avait longtemps hiberné au fond d'une vallée glacée et que, l'heure du réveil ayant sonné, il devait regagner sa place parmi les humains. Rapaillé, l'homme qu'il était ne semblait se réclamer d'aucune ethnie en particulier. Personne ne savait au juste d'où il venait, même pas sa propriétaire, une Portugaise au veuvage pesant qui aurait sans doute réduit le loyer si son locataire s'était montré enclin à arroser le jardin de son triplex au moins une fois par semaine, lorsque la canicule devenait intolérable. Il était le type d'homme que les femmes regardent. Il vous fixait comme s'il n'avait pas de paupières. Sa voix, grave et posée, jaillissait de sa poitrine à la façon d'un ventriloque. Cette impression émanait d'un regard fixe qui vous empêchait de repérer ses lèvres. Quand il vous parlait, ce qui arrivait rarement, tout votre corps se tendait comme la peau d'une outre qu'on remplirait d'un vin longtemps convoité. Le jour où vous l'avez remarqué, vous étiez à l'angle de Waverly et de Saint-Viateur, un cappuccino à la main, vos grandes lunettes de soleil en titane L. A. Works calées sur le nez, avec cet air un tantinet arrogant qu'affiche votre visage dès que vous vous asseyez à la terrasse d'un café. Alors qu'il avait choisi de prendre son double expresso bien tassé à deux pas de votre table, là où le soleil faisait une percée timide en cette matinée à peine entamée, vous avez ressenti immédiatement l'absence de son regard sur vous. C'est comme ça que tout a commencé. Ce regard qu'il préférait jeter au loin était comme une canne à pêche dont vous ne seriez jamais la prise, et ça, disons-le tout net, ça vous agaçait. Vous meniez vos quarante ans bien sonnés avec les réflexes d'une trentenaire. Dieu merci, du moins le pensiez-vous, vous n'étiez pas encore dans la catégorie des femmes couguars obligées d'écumer la Toile pour trouver chaussure à leur pied. Le profil de l'étranger avait piqué votre curiosité au point de vous couper du monde, comme si sa seule présence suffisait à justifier votre existence. Vous aimiez les hommes au physique exotique. Grâce à eux, il vous arrivait de vous débarrasser des contraintes qu'une race impose à tous ses sujets. Pour vous, l'amour était une question de frontières. Cheveux, peau, langue, odeurs… Voyageuse impénitente, vous étiez fière de vos cheveux blonds et de vos yeux bleus, mais pas au point de vous y cantonner strictement. Une race, aussi blanche fût-elle, ne devait pas être une prison. Alors, vous pratiquiez l'interethnicité depuis ce premier séjour à San Miguel de Allende, qui vous avait marquée. Carmelo Colina, comment l'oublier ? ne vous fixait que pour mieux vous déshabiller. Cela avait été clair dès le début, à quoi bon le nier ? Fatiguée de suivre un troupeau de touristes nord-américains vieillissants, vous aviez demandé un guide pour vous toute seule à la réception de l'hôtel. Il était arrivé en retard avec le sourire irrésistible de l'homme qui sait se faire pardonner à force de vous précipiter dans sa lenteur mêlée de sensualité et d'humour fait maison.

— Êtes-vous conscient que votre retard vient renforcer le stéréotype du Mexicain tel qu'il est perçu en Amérique du Nord ?

Le ton avec lequel vous aviez exprimé votre remarque était bien plus provocateur que la question elle-même.

— Si vous acceptez de me suivre, vous verrez que je ne suis pas qu'un stéréotype, avait-il répliqué sans se départir de son sourire.

Une visite à la ville voisine de Guanajuato, suivie d'un repas dans un restaurant juché sur l'une des collines servant de perchoir à la ville coloniale, avait suffi pour battre en brèche tous les clichés et faire place à l'urgence d'un dialogue bien plus intime. Au fil des ans, d'autres pays d'Amérique latine et d'Asie viendraient prendre le relais. Les corps s'étalaient d'un pays à l'autre à la manière de ces chaînes de montagnes qu'on trouve sur les mappemondes censées représenter en relief le globe terrestre. Incapable de vous attacher à un seul amant, vous préfériez explorer les espaces de rencontre, sans jamais vous demander si un besoin de fuite y était pour quelque chose. En accumulant des registres d'intimité différents, voire contradictoires (quel rapport entre le machisme de certains Latinos et la douceur presque féminine du dernier partenaire vietnamien, rencontré et abandonné à Bangkok il y avait à peine quatre-vingt-dix jours ?), vous évitiez sans doute le huis clos d'un engagement qui vous aurait obligée à affronter vos peurs. Pour dire « je t'aime » à quelqu'un, il vous fallait d'abord être certaine de pouvoir le quitter. C'était la carte du désabonnement qu'il vous plaisait de jouer. Autrement dit, vous emportiez avec vous ce fil de rupture dont l'incandescence allumait tous les corps à la façon d'un lent crépuscule. Oui, on peut dire que vous abandonniez vos amants pour mieux les retrouver à l'aide d'autres souffles venant compléter votre foyer ouvert aux quatre vents. Fille unique ayant hérité d'une fortune familiale qui vous mettait à l'abri du besoin, aucun pays étranger, aucune culture, aucune langue n'échappaient à votre curiosité nomade. Votre retour régulier dans des villes comme Toronto ou Montréal vous émoustillait parce que la transition se faisait en douceur, sur mesure, ces deux villes mettant en place une cartographie où les saveurs et les savoirs du monde s'offraient à vous sans effraction. Brouillée, votre identité se déclinait autant en français qu'en anglais ou en espagnol ; et à quoi cela servirait-il de révéler votre nom alors que vous aviez toujours cultivé l'anonymat, non, certes, sans un certain panache, ce qui peut paraître paradoxal, mais chez vous cela passait inaperçu car vous pratiquiez un caméléonisme d'autant plus efficace qu'il était éphémère. Tout comme cette attirance pour certains étrangers au regard farouche qui croisaient votre chemin. Lui, par exemple, non mais pour qui se prenait-il ? Pas l'ombre d'un regard vers votre table, ne serait-ce que pour vérifier qu'elle n'était pas occupée par une extraterrestre. Après tout, sait-on vraiment ce qui peut tomber comme bizarrerie humaine devant une table de café ? La tentation de lui adresser la parole devenait de plus en plus forte, avouez-le. Vous ne l'aviez jamais fait à Montréal, mais pourquoi pas, après tout ? C'est le premier pas qui est difficile, les autres s'enchaînent comme si de rien n'était. *Monsieur, excusez-moi, mais vous avez oublié de me remarquer en passant devant ma table. Auriez-vous l'obligeance de réparer votre maladresse ?* Non, l'ironie n'était pas assez soulignée, et l'inconnu aurait pu se braquer. Pourquoi ne pas lui demander tout bonnement s'il n'aimait pas les femmes, histoire de régler la question sur-le-champ et de passer à autre chose ? Serait-il sensible à ce type d'humour ? Ça vous amusait de tourner des phrases dans votre tête tout en imaginant quelle pourrait être la réaction du personnage qui restait immobile, le regard fixé vers le sud. Et si vous lui disiez ouvertement que vous aimiez ses longs cheveux noirs qui encadraient son visage tels ceux d'un Christ venu du bout du monde ? Non, bien entendu, jamais vous ne feriez ça, il vous prendrait pour une fêlée, une rombière ou, pire encore, une racoleuse. Alors, vous avez continué à siroter votre café sans cesser de songer à ce qui pourrait bien interpeller cet étranger assis à deux pas de votre table, le regard indéniablement ailleurs tandis qu'autour de vous des dialogues se tissaient déjà à la faveur d'une chaleur matinale qui vous montait à la tête comme une liqueur dont on aurait oublié de vous souffler la provenance.

— Excusez-moi, avez-vous l'heure ?

La phrase, banale et stéréotypée à pleurer, était sortie de votre bouche d'un trait et sans hésitation. Pourquoi, au milieu de tant d'énoncés possibles, avoir choisi celui-là ? Le souci probablement de vous aménager une sortie honorable au cas où il serait finalement un mufle. Une question-parapet en quelque sorte, qui ne vous engageait strictement à rien.

— Pourquoi cachez-vous le bleu derrière le noir ?

Il vous avait parlé sans se presser, avec cette lenteur qui accompagnait chacun de ses gestes, après avoir longuement fixé vos lunettes de soleil.

— Je vous ai posé une question, avez-vous dit en ôtant vos lunettes pour confirmer qu'il avait deviné juste.

— Pourquoi me demandez-vous ça alors que vous savez que votre temps n'est pas le mien ?

Ce fut à ce moment précis que le regard de l'homme se mit à brûler comme une torche. Ce n'était pas seulement la façon si assurée dont il appuyait ses mots. Vous sentiez qu'il laissait de côté l'accessoire pour aller à l'essentiel. L'aspect superficiel des choses n'était pas pour lui non plus, ça, vous l'aviez saisi dès ce premier regard qui resterait longtemps gravé dans votre mémoire. Puis il y avait cette voix qui parlait sans aucun accent reconnaissable, comme si elle avait couché avec toutes les langues de la terre. Oui, ça aussi, vous le ressentiez très clairement : sa langue à lui cohabitait avec d'autres langues qui, tressées comme des serpents, lui faisaient une tête de Gorgone.

— Je voulais juste parler un peu, avez-vous rajouté en essayant de mater ce regard qui vous interpellait comme si vous étiez une enfant.

— Parlons donc.

— Je me demandais d'où vous veniez au juste.

— Le jour où je le saurai, vous serez trop loin pour que je puisse vous le communiquer.

Vous avez esquissé un sourire, mais le visage de l'inconnu demeurait impassible. Sa voix n'était pourtant pas dure ; grave, certes, mais pas complètement dénuée d'une certaine douceur. Une douceur rugueuse, pour ainsi dire.

— Comment pouvez-vous savoir où je serai, monsieur ?

Vous pensiez avoir trouvé la logique qui suscitait le grain de séduction sans lequel le dialogue entre une femme et un homme est comme un repas sans sel.

— Votre dernière volonté sur terre sera de fuir, mais on ne peut pas fuir avec le feu.

— Ne pensez-vous pas, monsieur, qu'il fait bien trop beau pour tenir des propos aussi incendiaires ?

— Le feu qui vous consume, madame, est léger comme le vent, mais il n'en réduit pas moins en cendres tout ce qu'il touche.

Il vous fixait toujours avec l'intensité dépouillée des hommes qui ont fait la paix avec les femmes, mais vous vouliez à tout prix qu'il vous regarde là où votre solitude vous faisait mal.

— Le feu, le feu, voilà un mot qui revient souvent dans votre bouche. C'est l'été et les incendies de forêt se multiplient dans le nord du Québec. Voulez-vous m'y conduire?

Votre moquerie était restée sans réponse, l'homme se contentant de vous regarder sans ciller comme s'il cherchait à vous transmettre un message qu'aucune parole humaine n'aurait pu formuler.

— Qu'avez-vous contre le feu, au juste? N'aimeriez-vous pas, les soirs d'hiver, l'accueillir dans votre salon?

Vous aviez encore une fois parlé, mais le ton n'était plus le même. On aurait dit qu'une envie soudaine vous prenait de vraiment parler avec l'inconnu.

La terrasse se remplissait de plus en plus, faisant en sorte que son regard devenait un îlot de silence au milieu d'un brouhaha d'éclats de voix.

— Et si on faisait une petite balade pour éteindre ce feu qui sommeille en vous?

Votre voix s'était tellement adoucie qu'on aurait pu croire qu'à votre tour vous vous adressiez à un enfant. Contre toute attente, il fit oui de la tête.

Vous avez traversé l'avenue du Parc, puis, le long de la rue Bernard, vous avez assisté à un accrochage entre deux voitures allemandes dont les conducteurs étaient prêts à se taper sur la gueule au lieu de dresser un constat amiable. À l'intérieur de l'une des voitures, une enfant au visage horrifié observait la scène.

Grand et bien bâti, votre compagnon se dirigea vers les deux conducteurs dont la rage rapprochait leur taille de celle d'un caniche. C'était son regard qui commandait cette image. Son intervention aurait pu être celle d'un gardien de zoo, mais sa voix, la profondeur de sa voix, ôtait ce geste du quotidien pour l'animer d'un souffle de parabole :

— Messieurs, la Société protectrice des animaux n'intervient pas d'habitude en cas d'altercation de rue, mais je peux toujours l'appeler si votre dispute n'arrête pas dans les meilleurs délais.

Les deux propriétaires de voitures allemandes, une Audi et une Mercedes, n'en croyaient pas leurs yeux. Mais qui était ce type drôlement accoutré et au regard impénétrable qui avait le culot de les interpeller de la sorte ? Le plus petit des deux, hargneux comme un roquet, céda bêtement, c'est le cas de le dire, à la tentation de l'insulte vulgaire :

— Va te faire enculer, espèce de pédé !

L'accent parisien du petit roquet n'échappa point à votre ouïe exercée de voyageuse chevronnée, et vous l'auriez volontiers giflé si l'homme qui vous accompagnait n'avait pas pris dans un éclair le malotru par le cou, le secouant en l'air pour ensuite le laisser choir comme un pantin. Cette action d'une violence maîtrisée ne pouvait être effectuée que par une personne d'une force bien au-dessus de la moyenne. L'altercation de rue ayant été étouffée dans l'œuf, l'étranger aux longs cheveux noirs reprit sa marche sans regarder en arrière.

Rendus au parc Beaubien, à votre grand étonnement, il se mit à parler avec le calme de quelqu'un qui n'aurait pas eu à faire étalage de sa force. Jusque-là, vous vous étiez limitée à suggérer ce parcours qui débouchait sur un îlot de verdure entouré de petites collines. C'était l'Outremont que vous aimiez, l'un des rares quartiers à Montréal où il était encore possible de voir un paysage urbain conservé dans son jus.

— Elle avait les cheveux noirs comme les miens, et aussi longs. On l'appelait Cora mais son vrai nom était

Lucrecia. Plutôt jolie et grande, avec des jupes de gitane et ce regard mélancolique des femmes que le désir des hommes a désertées. Père était parti après avoir perdu son travail. C'est du moins ce qu'elle disait pour que je ne sache pas qu'il était en prison. Je préférais lui faire croire que c'était elle que j'écoutais. Une fin d'après-midi, à la sortie de l'école, j'ai vu des camions de pompiers prendre d'assaut la rue principale du quartier où nous habitions, à Lima, au Pérou. En chemin, des enfants que je connaissais m'ont crié que notre maison brûlait. Chassés par la police, qui interdisait l'accès à notre rue, ils m'ont supplié de rester avec eux. Courant comme un dératé, je suis parvenu à franchir le périmètre de sécurité, mais, une fois devant notre porte, des pompiers m'ont pris par les bras, m'empêchant de rentrer chez moi alors que la maison brûlait avec maman à l'intérieur.

Il avait parlé d'une voix posée ; vous aviez tout de suite compris que c'était probablement sa façon de vivre avec quelque chose dont il ne ferait jamais le deuil. D'un seul coup, ses cheveux, sa voix, son regard s'illuminaient à l'orée de son récit comme cette maison dans laquelle il n'avait pu pénétrer. Ce feu qu'il avait été incapable d'attraper à mains nues habitait ses jours et ses nuits. Mais toujours sans le brûler, rien qu'un feu follet qu'il était obligé de fixer depuis une prison. Comment aurait-il pu fuir avec le feu alors qu'il n'était pas parvenu à faire corps avec cette mère assaillie par les flammes ? Cette question vous tourmentait, et vous n'osiez plus lui parler de peur de raviver la torche qui éclairait son regard. L'idée que cet homme venait peut-être de sortir de prison effleura votre esprit. Sa manière expéditive de jeter par terre le type qui l'avait insulté ainsi que le détachement dont il avait fait preuve par la suite vous inquiétaient tout à coup.

Des réactions d'un homme sans doute enclin à rompre le contrat social.

Sans regret, vous avez écarté l'idée de l'inviter chez vous après la promenade, dans ce haut de duplex de la rue Waverly dont le salon rouge Pompéi se faisait un plaisir d'accueillir vos amants de passage. Comment s'appelait-il déjà, l'étranger aux longs cheveux noirs qui vous regardait comme s'il n'avait pas de paupières ? Voyons, à quoi bon lui avoir demandé son nom puisque votre départ pour Bali aurait lieu dans deux jours et que d'autres hommes à l'esprit bien moins tourmenté viendraient s'asseoir à votre table ? Puis, tout compte fait, ces histoires de fuite et de feu, vous préfériez les vivre bien calée dans un fauteuil de cinéma.

Thème 1 : Fuite (fuit sa famille, tout en restant proche)
Thème 2 : amour (Américano pour sa fille)

Bernard et ses masques

On le voyait le soir planté comme un pieu à l'angle de Bernard et de Dollard. Une cigarette au bec, il faisait le pied de grue en attendant le retour de la jeune fille. Au début, je l'avais pris pour le concierge d'un des immeubles cossus de l'avenue la plus chic du quartier. Mais j'ai vite compris qu'il n'était là que pour observer l'immeuble où j'habitais. Grâce à une vieille tante partie pour un long séjour au Costa Rica, j'occupais un appartement dans le Trudeau-Carle, une bâtisse patrimoniale dont la façade en brique tapissée de lierre faisait le charme de ce coin d'Outremont, entre la cathédrale arménienne et le boulevard Dollard. En fin d'après-midi, j'avais pris l'habitude de m'asseoir sur le balcon pour regarder les passants dans l'avenue. Et quand il n'y avait personne, ce qui était plutôt rare, je contemplais le parterre fleuri. L'appartement de ma tante était en retrait par rapport à ceux qui occupaient les deux tours principales, mais cela ne m'empêchait pas d'avoir une vue d'ensemble sur Bernard. Il est vrai que le parterre central attirait particulièrement mon attention tellement des fleurs de toutes sortes y scintillaient au soleil. Il ne se passait pas une journée sans qu'un camion-citerne de la mairie ne vienne les arroser copieusement. Ayant vécu dans un petit sous-sol du Mile End que même une taupe aurait trouvé trop sombre, je prenais beaucoup de plaisir à passer le plus clair de mon temps sur ce balcon. Mon statut de traducteur à la pige me permettait par ailleurs de faire mon travail sans quitter le logement. Traduire des textes entouré de verdure rendait mon passage d'une langue à l'autre beaucoup plus fluide, un peu à la manière de tous ces oiseaux qui changeaient d'arbre sans pour autant cesser leur chant.

Une fin d'après-midi du mois de juin, je prenais un verre de porto accoudé à la balustrade du balcon quand j'ai vu deux voyous malmener l'inconnu faisant le guet de l'autre côté de l'avenue. Ils sortaient de l'école pour adultes qui se trouve juste en face du rond-point où s'achève Dollard. Sans y réfléchir à deux fois, je suis descendu en trombe pour lui porter secours. Mon air menaçant et ma carrure de joueur de rugby les firent détaler sur-le-champ. Extrêmement touché et ne sachant pas comment me remercier, l'homme me révéla qu'ils s'en étaient pris à lui parce qu'il ne leur avait pas fourni de cigarettes. *C'est que je n'en avais plus,* se justifia-t-il dans un anglais approximatif, avec un fort accent hispanique.

— Je m'appelle Américo et je viens de Buenos Aires, dit-il.

— *Encantado,* dis-je en lui serrant la main.

Ravi de m'entendre parler espagnol, il m'invita à prendre un café à la terrasse du Souvenir, sur Bernard.

Quelque peu fatigué d'avoir passé la journée à traduire un accord commercial entre une entreprise québécoise spécialisée dans les systèmes d'alarme pour les cargos et la société qui gère le canal de Panamá, je m'étais accordé une pause. Américo travaillait pour un homme d'affaires argentin dont la fille, Eliana, occupait un appartement au deuxième étage du Trudeau-Carle. Il me la décrivit, brune, plutôt grande, aux yeux verts. Oui, je l'avais déjà croisée dans l'escalier, la bâtisse n'ayant pas d'ascenseur.

Dans cette nouvelle, ... est démontré

Je n'aurais pas dit qu'elle était particulièrement jolie, mais son port de tête était aussi majestueux que celui d'une princesse d'un conte des *Mille et une nuits*. On comprenait tout de suite qu'elle n'avait pas été élevée dans un orphelinat. Ça la rendait distante et un chouïa arrogante. Le type de femme qui vous fait sentir dès le premier abord qu'elle vit sur une autre planète que la vôtre.

— Elle a grandi dans un milieu très favorisé, c'est vrai, et ça, vous le voyez dans ses gestes. Mais elle est en même temps très simple et peut prendre langue avec n'importe quel quidam qui lui adresserait la parole, ce qui inquiète son père.

— Est-ce là que vous intervenez?

— En quelque sorte. Je surveille, j'informe et je préviens.

— Vous jouez les chaperons, pour ainsi dire.

— C'est une façon de le voir.

Américo parlait lentement, comme s'il avait tout le temps devant lui. Plutôt qu'un Argentin, on aurait dit un de ces Uruguayens qui passent leur journée un maté à la main en contemplant la mer le long de la *rambla*[1] à Montevideo. Je ne déteste pas ce genre de lenteur qui donne à votre interlocuteur cette qualité d'écoute rare de nos jours. Puis il s'exprimait dans un espagnol à l'ancienne, élégant et raffiné. On voyait bien qu'il avait servi des gens éduqués et fortunés. À bien des égards, il incarnait l'idée que l'on se fait du majordome idéal dans un univers social à l'abri du besoin.

— Elle n'est quand même pas toute jeune. Pourquoi ce besoin de la surveiller tout le temps? demandai-je à brûle-pourpoint.

1. Promenade au bord de l'eau en Uruguay (note de l'auteur).

La question était sortie de ma bouche malgré moi. Je sentais que le service que je lui avais rendu en le débarrassant de ses assaillants me donnait le droit de pousser un peu ma curiosité.

— Il a déjà perdu une fille, l'aînée, Leticia. Un enlèvement qui a mal tourné. Le flic censé remettre la rançon aux ravisseurs est parti avec l'argent. On n'a jamais retrouvé sa trace, ni celle de la fille non plus. Il a eu beau remuer ciel et terre, rien n'y a fait, ils sont demeurés introuvables. Le pire, c'est que les mauvaises langues prétendent qu'elle aurait participé à son propre enlèvement, et ça met le père à plat. En l'espace d'une année, je l'ai vu vieillir de dix ans. Il ne sort plus de chez lui. Une vieille servante essaie tant bien que mal de le faire manger. Il est propriétaire de plusieurs stationnements et d'immeubles de rapport au centre-ville de Buenos Aires, et son administrateur en profite pour se remplir les poches. C'est triste à voir parce qu'il était généreux avec les gens. Un homme d'affaires généreux, ça ne court pas les rues, vous savez.

L'Argentine et ses enlèvements. L'Argentine et l'argent mal acquis. L'Argent-Inn, tout compte fait. J'en avais tellement entendu parler, mais devant ce cas particulier de crime crapuleux, je n'ai pu m'empêcher de m'identifier au père.

— Pensez-vous sérieusement que sa fille était dans le coup ?

Une question que j'aurais sans doute mieux fait de garder pour moi.

Américo me regarda longtemps sans rien dire, prit une gorgée de café, puis pencha la tête vers la table comme s'il cherchait à s'exprimer sous cape :

— Difficile à dire. Leticia a été trop gâtée par son père. Elle avait tout ce qu'elle voulait au moment où elle le voulait. Ça peut blaser quelqu'un. Alors peut-être qu'elle a cherché d'autres formes de frissons. C'est bizarre, de nos jours, tout ce que les jeunes sont prêts à faire afin de se donner des sensations fortes.

Ce matin, j'ai croisé Eliana dans l'escalier qui débouche sur la cour arrière de la bâtisse au moment où je devais me rendre à la mairie payer un compte de taxes laissé par ma tante avant son départ pour l'Amérique centrale. J'ignore si c'est parce que l'escalier de service est étroit et plutôt sombre ou parce que je me sentais moins intimidé après mes échanges avec l'homme de main de son père, mais je n'ai pas hésité cette fois à engager la conversation avec elle :

— Je suis désolé pour la disparition de votre sœur, ai-je dit comme si quelqu'un d'autre parlait à ma place.

Prise de court, elle m'a regardé avec une expression d'incompréhension sur le visage qui m'a obligé à lui fournir quelques explications.

— Américo m'a tout raconté, vous savez, et j'en suis sincèrement navré.

— Américo ? s'est-elle exclamée.

— Oui, l'employé de votre père, voyons.

— Mon père est mort quand j'avais sept ans, a-t-elle dit avec un fort accent hispanique.

Je suis resté ébahi, ne sachant que dire. Devant ma perplexité, elle a ajouté :

— De temps à autre, il y a des hommes qui prétendent être mon père. Je les laisse faire, mais je sais qu'ils n'ont jamais été là pour moi.

En scrutant ses traits de plus près, je me suis soudainement rendu compte que son visage à la peau mate ressemblait étrangement à celui d'Américo.

Je me suis tu. Entre la parole de l'homme aux aguets et celle de la fille, à quoi bon trancher ? Après tout, le masque constituait probablement leur seul dialogue possible dans un pays étranger.

Il n'en demeurait pas moins que ma rencontre avec la fille dans l'escalier m'avait laissé un goût amer dans la bouche. L'un des deux mentait, et j'avais du mal à me faire à l'idée que ce pouvait être Américo. Était-ce sa manière de me remercier de l'avoir aidé ? Pourtant, le sérieux et la détermination avec lesquels Eliana avait exprimé ses propos jetaient un doute sur les véritables intentions de mon nouvel ami. Afin d'en avoir le cœur net, j'attendis non sans impatience la tombée du jour. On était vendredi, et la rue Bernard fourmillait de monde. De temps à autre, je voyais de jeunes couples qui, la main dans la main, se dirigeaient vers les terrasses des cafés à la mode où ils accrocheraient leurs sourires de nantis comme une garantie de bonheur. Pendant quelques secondes, j'aurais voulu me jouer la comédie et me voir moi aussi dans le regard complaisant d'une fille du quartier, mais je me suis rappelé que je n'y étais que de passage. Ayant attendu en vain l'apparition d'Américo à l'angle de Bernard et de Dollard, je suis sorti faire un tour, histoire de me dégourdir les jambes après une autre journée consacrée à la traduction de ce foutu accord commercial stipulant à la virgule près quelles devraient être la puissance en décibels et la portée exacte d'une sirène d'alarme installée sur les cargos traversant le canal de Panamá. J'ai grimpé la petite butte du parc Beaubien, avec son terrain de soccer à côté de l'école. Un groupe d'adolescents jouaient au Frisbee près de l'avenue Stuart. C'est tout en haut que je l'ai vu, assis dans le gazon, les deux mains nouées autour des genoux. Il regardait vers l'ouest, là où les avions amorcent leur virage en descente pour pointer leur nez en direction de Dorval. Sans avoir la mine renfrognée, on voyait bien qu'il n'était pas dans son assiette. Je me suis assis à ses côtés sans rien dire. Je voulais juste qu'il sache que j'étais là s'il voulait m'adresser la parole. De longues minutes se sont écoulées. En regardant l'horizon étaler un dernier rougeoiement, je me suis senti très proche de cet homme dont le silence rendait les traits du visage encore plus graves.

— Vous ne me reverrez plus devant l'immeuble. Je dois rentrer à Buenos Aires dans les plus brefs délais.

Il n'y avait pas de reproche dans sa voix, mais je me sentais en partie responsable de la tournure que prenaient les événements.

— Que s'est-il passé ?

— Elle a téléphoné à Buenos Aires pour dire que je faisais courir le bruit dans l'immeuble que j'étais son père.

Pris de court, j'ai voulu m'expliquer, mais il m'a arrêté net.

— Elle veut m'effacer de sa vie comme si je n'avais jamais existé.

— Pourquoi ?

— Jamais je n'ai dit que j'étais son père, mais elle a peur qu'un jour je le fasse.

Quelques secondes s'écoulèrent avant que je me décide enfin à poser la question qui me brûlait les lèvres :

— Êtes-vous son père ?

Pour la première fois, il tourna son regard vers moi. La tristesse que je vis dans les yeux d'Américo exacerba mon malaise.

— Sa mère était une femme imprévisible, difficile à vivre. En proie à l'anxiété, elle essayait parfois de s'oublier en cédant à des lubies. J'en fis partie. Incapable de vivre avec ça sur la conscience, je présentai ma démission au patron tout en le priant de me pardonner. *Toi au moins, je te connais et je sais que tu es sincère quand tu dis que tu le regrettes,* dit-il tout en refusant mon départ. *Dès qu'elle changera d'objet, fais comme si ça n'était jamais arrivé,* ajouta-t-il de cette voix lente que je lui ai toujours connue. Après la naissance d'Eliana, l'anxiété de sa mère empira au point qu'elle dut être internée. Puis, alors que la petite n'avait que quelques mois, mon patron m'apprit un matin d'hiver que sa femme avait été retrouvée pendue dans la chambre qu'elle occupait dans une clinique privée. Le jour de son enterrement, il me dit: *Elle est partie avec son secret, mais toi et moi savons d'où vient le teint mat de ma fille. Tu veilleras sur elle, mais jamais tu ne réclameras sa paternité. C'est entendu, n'est-ce pas ?* Je le lui jurai. C'est donc par lui que j'ai appris qu'elle était ma fille. C'est difficile à croire, je sais, mais jamais je ne la regardais, la petite.

— Dur pour vous, j'imagine, de l'avoir vue grandir sans jamais l'avoir entendue vous appeler papa.

— Non, du tout, son père a été beaucoup plus généreux avec elle que je n'aurais pu l'être. Dans le milieu dans lequel elle a été éduquée, je peux comprendre que le soupçon d'être la fille du chauffeur ait empoisonné sa vie. J'aurais voulu au moins qu'elle me reconnaisse comme le plus serviable de ses domestiques, mais là aussi j'ai échoué. Je me rends compte à présent que plus je m'empressais, plus elle me trouvait répugnant.

— Qu'allez-vous faire maintenant, Américo?

J'aurais dû me taire. La question, je m'en apercevais après coup, venait renforcer l'impasse où il se trouvait. Paradoxalement, les traits de son visage s'étaient détendus. Il regarda droit devant lui l'espace dégagé sous le ciel haut perché de Montréal.

— Cette nuit, pour la première fois depuis bien longtemps, j'ai pensé à la mère de ma fille. J'ai aussi pensé à ce que nous avons vécu. Tout compte fait, il y a eu des moments où nous avons même ri ensemble. Quand elle arrivait à se défaire de l'anxiété, elle pouvait être très drôle.

Il fit une pause. Le parc sombrait dans le noir. Une grappe d'enfants jouait encore à cache-cache derrière les troncs des érables centenaires. J'aurais préféré qu'il me fasse grâce du dénouement qu'il comptait donner à son récit — à quoi bon ? —, mais sa voix en reprit le fil avec le ton détaché des hommes qui ont réussi à surmonter la peur :

— Je n'irai pas à Buenos Aires reprendre une vie qui n'est plus la mienne. Mais je ne peux pas rester ici non plus. Je ne suis pas chez moi. Il n'y a plus qu'un endroit possible pour moi. Là où elle est, je sais qu'elle m'attend.

J'ai cru comprendre à ce moment-là qu'il était déjà parti, mais le soir, couché dans mon lit, je me suis dit qu'il en avait probablement rajouté à la comédie qu'il jouait devant la fille du deuxième étage. L'idée que je n'avais eu affaire depuis le début qu'à des personnages dignes d'un téléroman me permit enfin de me réconcilier avec le sommeil. Dans la nuit de Bernard, je l'avoue volontiers, ce nouveau masque est venu soulager mon esprit tourmenté par le sort d'un étranger dont j'ignorais à peu près tout, excepté qu'un jour je l'avais aidé à ne pas se faire amocher par une bande de voyous.

D'un océan à l'autre

Il se levait avant ses parents pour ne pas être témoin de leurs sempiternelles disputes pendant le petit-déjeuner. Il préférait aller à l'école à jeun plutôt que nourri par cette douce haine qui se réchauffe chez certains couples au petit matin, entre la cafetière et les toasts à tartiner. Aussi avait-il compris très jeune que la rancune était probablement le meilleur ciment d'un ménage sous les tropiques. Au lieu de prendre l'autobus tout de suite, il aimait s'attarder sur le Paseo de Las Bóvedas, d'où il voyait les *skyscrapers* épinglant la baie de la capitale qu'un voyageur égaré aurait pu prendre pour Miami. Panama City étalait de plus en plus sa volonté d'éblouir à l'américaine les paquebots de croisière qui jetaient l'ancre à l'entrée de la baie. Les grues zébraient l'horizon et les autoroutes n'hésitaient plus à balafrer même les ruines de Panamá Viejo. Il y avait de plus en plus d'éclats de verre et d'acier dans le ciel de la ville qui l'avait vu naître. La cité authentique ayant cédé sa place à un reflet des États-Unis venu par le canal de Panamá, il fallait se perdre dans les ruelles animées et surpeuplées du Casco Viejo pour retrouver quelques bribes de l'ancienne ville coloniale au bord du Pacifique. Le regard des touristes leurrés par les gratte-ciel plantés tout le long du bord de mer était le miroir que le pouvoir en place privilégiait pour justifier sa subordination au modèle américain. Même un enfant était capable de voir ça. Dans cette perspective truquée, le canal était le masque derrière lequel on cachait les frustrations de tout un peuple. Péage à ciel ouvert, il permettait à l'État d'absorber chaque jour des millions de dollars en liquide et de se travestir en cocotte financière capable de tenir la dragée haute aux puissants de ce monde.

À cette heure matinale, l'air était gorgé de sel marin et on voyait les bateaux attendre à la queue leu leu le moment d'entrer dans le canal pour passer d'un océan à l'autre, comme des goélands qu'on aurait gavés d'un excès de fretin. Plus d'une fois, il s'était imaginé à bord d'un de ces navires chargés de marchandises venant des quatre coins de la planète. Il se voyait dans la cabine aux côtés du capitaine, dont le regard serein rivé au lointain serait la meilleure des boussoles. Un homme au regard posé, ça ne courait pas les rues à Panama City : voilà pourquoi il préférait jeter ses yeux à la mer, dont le bleu vif du petit matin étanchait en partie sa soif d'un nouveau foyer. Un foyer en déplacement constant, mais sachant toujours garder le cap. Enfant du Casco Viejo, il suivait les bateaux avec la vigilance d'une mouette prête à croquer au vol tout ce qu'ils laissaient dans leur sillage. Pendant la saison sèche, grâce aux vagues déferlant les unes sur les autres dans une orgie d'azur, l'océan pleuvait sur l'océan. Il observait l'écume emportée par les vents depuis les vieux remparts du Paseo de Las Bóvedas avec l'espoir qu'un jour elles prendraient d'assaut tout le quartier pour le laver de ses plaies. Ce quartier à moitié pourri, à moitié béni, où le boom immobilier remettait d'aplomb les anciennes maisons coloniales pour les vendre à prix d'or aux gringos qui prenaient leur retraite au soleil, une main dans le portefeuille et l'autre dans le pilulier censé retarder le temps de leur mort. Classé deuxième meilleur pays au monde où prendre sa retraite, le Panamá attirait des milliers de *snowbirds* aussi friands d'un climat chaud que d'un resto pas cher. Un paradis clefs en main, certes, mais surtout *low cost.* Les rares moments où sa mère ne s'engueulait pas avec son père, elle se plaignait qu'ils étaient condamnés à être locataires jusqu'à la fin de leur vie tellement le prix des maisons atteignait des sommets dans le quartier. Pour un appartement d'à peine deux chambres à coucher dans un immeuble retapé, le coût descendait rarement en dessous du demi-million de dollars américains. Une vraie fortune pour un pays comme le Panamá, où le salaire moyen tournait autour des cinq cents dollars par mois. Les promoteurs immobiliers se ruaient sur les vieilles bâtisses pour les rénover et les mettre ensuite sur le marché. Et avec l'élargissement du canal, ainsi que l'inauguration du nouveau métro, la tendance ne faisait que s'accentuer à un rythme effréné. On ne comptait plus le nombre de chantiers, qui rendaient la circulation de plus en plus chaotique dans le Casco Viejo. Faudrait-il, pour trouver des maisons à prix raisonnable, prendre le chemin d'un de ces villages à la campagne où le chômage et l'ennui jouaient à qui dit mieux? Le proprio de leur maison face au Parque Bolívar était un gringo, sympa, soit dit en passant, mais un gringo quand même, dont l'espagnol exécrable ne l'empêchait nullement de bien faire ses comptes et d'augmenter chaque année le loyer, au point de faire dire à son père qu'il leur faudrait prendre bientôt leurs cliques et leurs claques pour aller vivre ailleurs. Mais le Casco Viejo était pour lui un balcon sur l'océan et, si un jour il devait le quitter, au moins que ce fût pour larguer les amarres pour de bon. Or, il savait que la petite quincaillerie de son père, concurrencée par les nouveaux centres commerciaux, s'éteignait à petit feu, tout à côté de l'église de La Merced. Sa mère avait beau insister pour qu'il remplisse le local d'images pieuses en s'acoquinant avec l'économe de la paroisse, son père, athée jusqu'au bout des ongles, ne voulait rien entendre. *Je te préviens, le jour où on n'aura plus de quoi payer le loyer, je fous le camp avec Cristóbal,* répétait-elle au moins deux fois par jour. Une rengaine éculée, mais toujours présente telle une mauvaise haleine chez eux. Cristóbal, c'était lui. Son nom rappelait celui de Colomb, l'Amiral, le seul cadeau qu'il appréciait de ses parents : avec un nom pareil, il sentait qu'un jour ou l'autre le Gran Capitán viendrait le chercher du fond de l'océan pour l'emmener avec lui. Non, né à l'entrée du canal, il n'était pas taillé pour un destin sur terre. Alors, il s'était mis à rêver d'un événement qui viendrait bouleverser son quotidien si morose. Mais sa mère ne sachant que menacer, on pouvait toujours attendre le passage à l'acte. Oui, à la limite, il aurait voulu partir avec elle. Lui non plus, il n'aimait pas cet homme qui passait des heures assis derrière son comptoir à attendre le chaland. Une attente souvent infructueuse. Un commerçant, pour lui, ça devait prendre les devants et ne pas rester passif, voire oisif, alors que les clients se faisaient de plus en plus rares. Un commerçant, ça ne pouvait tout de même pas être un poteau électrique ! Puis un commerçant devait persuader sa femme de tenir la caisse tandis qu'il brassait des affaires au milieu des requins qui pullulaient en ville. Puisque tout s'en allait à vau-l'eau chez lui, il préférait écumer les ruelles du Casco Viejo avec les yeux et les oreilles bien ouverts, à la manière d'une de ces pierres ponces issues des roches volcaniques, dont l'extrême porosité et la faible densité leur permettaient de flotter.

Rien n'allait plus à l'école, où même le prof de gymnastique l'accusait de ne pas être attentif à ses explications sur la meilleure manière d'attraper le ballon quand on est gardien de but dans une équipe de soccer. Il n'aimait pas ce poste qui l'obligeait à adopter une attitude défensive alors qu'il préférait l'attaque. Il l'avait dit haut et fort, mais l'enseignant n'avait rien voulu savoir. *Tête de mule,* aurait alors lâché l'élève devant tous ses camarades. Convoquée à l'école, la mère prit résolument la défense de son fils.

— « Mal à la tête », c'est ça qu'il a dit, monsieur le directeur : « J'ai mal à la tête. » Si le professeur a mal entendu, ce n'est pas la faute de mon fils.

Le ton ferme et le regard sévère de la génitrice impressionnèrent le directeur, qui accorda finalement le bénéfice du doute à l'élève. Jamais Cristóbal n'avait été aussi fier de sa mère. Tout à coup, il comprenait que cette attitude offensive face au directeur de l'école s'expliquait probablement par toutes ces années de confrontation avec son père.

Sur le chemin du retour à la maison, sa mère s'arrêta acheter deux sorbets à un vendeur de rue. Il faisait plus de trente degrés à l'ombre. Les gens marchaient d'un pas lourd en rasant les murs décrépits de la cité coloniale. Les nombreux embouteillages et l'humidité mettaient à rude épreuve les nerfs des citadins à cette heure de la journée. Dans les rues étroites du Casco Viejo, dont le pavage datait du XVIIe siècle, la lenteur faisait partie du paysage. À certains endroits, le bruit et la poussière dégagés par les bétonnières rendaient le passage hasardeux. Au coin d'une rue, ils virent un enfant noir courir derrière une poule qui venait de sauter d'un balcon en bien piteux état. *Même les poules se refusent à vivre là-dedans,* lâcha sa mère, et il s'empressa de célébrer cette remarque sarcastique avec un rire sonore d'écolier un peu voyou. Il suivit d'un regard alerte les efforts désespérés de l'enfant pour s'emparer de la poule tombée du ciel, que son imagination exacerbée par la faim voyait probablement déjà dans l'assiette familiale. D'un accord tacite, sa mère et lui changèrent de rue afin d'éviter la façade de l'église de La Merced, où se trouvait le petit commerce du père, qui avait invoqué un excès de travail pour ne pas se présenter à l'école. *Excès de travail, tu parles, il se la coule douce pendant toute la journée !* s'était-elle écriée la veille, avant le repas du soir. D'aussi loin qu'il lui était possible de se souvenir, jamais son père n'avait fait de geste concret pour lui. C'était du moins ce qu'il pensait, parce que l'idée d'aimer son père ne s'accordait pas avec le peu d'admiration qu'il éprouvait pour lui. Comment aimer un père qui nous paraît minable ? Il ne comprenait pas qu'il demandait au père de réussir, faute de quoi, tout comme sa mère, il ne pouvait que se détacher de lui. Et si le projet de prendre un jour le large n'était en fin de compte que le désir déguisé de quitter la maison, où l'échec du père contaminait chaque meuble ? Peut-on aimer un père avec son échec ? Mais comment aurait-il pu comprendre que le soi-disant échec du père passait d'abord et avant tout par les yeux de sa mère ? Épinglé par le regard amer de son épouse, le commerçant se faisait de jour en jour plus petit, au point même qu'il renonçait souvent à son droit de riposte. Avoir le dernier mot devenait ainsi sa marque de commerce à elle, un bien plus petit commerce d'ailleurs que celui de l'homme dont elle exécrait le maigre talent en affaires.

Ils marchaient côte à côte, la mère et le fils, en cette fin d'après-midi pas comme les autres. Le soutien vigoureux et la complicité d'une femme encore jeune prête à déguster un sorbet en sa compagnie avaient gonflé à bloc le courage du garçon. Il observait chaque coin de rue du Casco Viejo avec l'assurance d'un enfant de la balle. Là où la ville avait refait peau neuve après la destruction de la première implantation urbaine de Panamá par le pirate Sir Henry Morgan en 1671, il posait son regard tout à coup enthousiaste comme s'il était capable de transformer le paysage au fil de leur marche. Depuis le Casco Viejo, on voyait Panamá Viejo tout au loin, semblable à un fantôme du passé. L'amas de vieilles pierres entassées les unes sur les autres regardaient toujours la mer de l'autre côté de la baie. Panamá Viejo, à sa façon, n'était-il pas lui aussi le portrait d'un échec ? C'était dans ce lieu précis qu'une poignée de flibustiers anglais avait mis à feu et à sang une ville sous la protection de milliers de soldats espagnols. Son père n'aurait-il pas dû ne pas rejoindre cet espace dévasté, incapable qu'il était de tenir tête à un marché qui vous forçait à vendre ou à périr ? Panama City avait toujours été une zone de commerce et de circulation des capitaux. *Pierre qui roule n'amasse pas mousse.* Alors que son chiffre d'affaires se réduisait telle une peau de chagrin, pourquoi son père restait-il figé au lieu de bondir comme un tigre ? Toutes ces questions ne l'assaillaient plus, pendant qu'il déambulait en compagnie de sa mère, qui venait de remettre à sa place le directeur de l'école. Un homme petit, grassouillet, aux lunettes rondes, qui n'avait pu s'empêcher de jeter un coup d'œil fort peu pédagogique au décolleté de la mère de l'écolier. C'est vrai qu'elle avait une belle poitrine, maman, une de ces poitrines qui attirent le regard des hommes, même des plus myopes ; mais il n'aurait jamais imaginé que le directeur de son école, Don Rumercindo Bicarbonato de Loda, membre d'une famille connue de la Península de Azuero, où se retrouvait le plus grand nombre de familles d'origine espagnole au Panamá, allait à ce point s'écarter des règles de bienséance. Elle portait une robe rose fuchsia, maman, avec des chaussures noires ; l'échancrure de son corsage découvrait la pâleur des seins à leur naissance. Cette peau blanche révélait ses racines castillanes, que le mariage avec un petit commerçant au teint passablement mat ternissait en quelque sorte. Elle n'aimait pas trop s'exposer au soleil, maman, soucieuse sans doute de préserver ce blanc qui la distinguait d'une population à la peau sombre. Une coquetterie pour ainsi dire, dont le fils mesurait les sacrifices nécessaires au moment de changer de trottoir pour éviter le soleil encore fort de la fin d'après-midi. Heureusement qu'elle avait toute une ribambelle de chapeaux. Ils prenaient d'ailleurs beaucoup de place dans l'entrée de la maison. Des chapeaux pour toutes les occasions, et aussi beaux les uns que les autres. *Tiens, ce mois-ci tu ne m'as pas offert de chapeau,* murmurait-elle à l'oreille du commerçant les rares soirées où son humeur s'égayait un brin. Jamais folichonne, maman, c'est vrai, même quand il s'agissait de faire plaisir au maître de maison. Mais il suffisait de si peu pour que le lendemain un nouveau chapeau vienne s'ajouter aux autres. Elle les préférait avec des rubans autour et faits main en Équateur, où l'on fabriquait les vrais panamas, soit dit en passant. Si, par malheur, le nouveau cadeau dévoilait un *made in China* accroché à ses ailes, elle le jetait à la poubelle avec un geste de mépris. Pourtant, ils venaient de très loin, ces chapeaux-là. Le matin, de très bonne heure, Cristóbal observait les cargos avant d'aller à l'école, des porte-conteneurs pour la plupart, longs de trois cents, voire de quatre cents mètres, transportant des milliers d'immenses caisses métalliques alignées dans leurs cales et arrimées sur leurs ponts en une masse compacte leur donnant la stature d'immeubles de douze, quatorze, voire seize étages! Des monstres océaniques que la distance réduisait à la taille d'un escargot sur la ligne d'horizon. Mais il les avait aussi vus de tout près le jour où l'école s'était fait un devoir de montrer à ses élèves l'une des plus grandes merveilles d'ingénierie de la planète. Ce jour-là, on lui avait appris à distinguer les silhouettes des porte-conteneurs, des vraquiers, des pétroliers et des « ro-ro », les rouliers aux allures de boîtes de conserve. Avant d'accéder au canal, les cargos taillaient leur route à plus de vingt nœuds dans un roulis à peine perceptible, mais, une fois dans les entrailles de l'isthme, ils devenaient lents comme des baleines qu'on aurait fait s'échouer dans un lac de montagne. Pour un enfant du Casco Viejo, tous les produits arrivés par voie maritime étaient beaux, car ils venaient de loin. L'amour du lointain constituait la première leçon de vie d'une cité qui faisait corps avec la mer. Mais peu importe, maman continuerait à collectionner les chapeaux haut de gamme tandis que les cargos venus de la Chine envahiraient les ports du monde entier avec des produits dont le prix, sans le transport maritime, augmenterait considérablement et qui par là même perdraient de leur attrait. Tout comme personne ne se souvenait aujourd'hui des vingt-sept mille cinq cents ouvriers qui ont péri dans la construction du canal, les consommateurs contemporains ne songeaient nullement aux péripéties maritimes de ces mégacargos contenant le fruit du labeur de millions d'ouvriers chinois. Sans l'océan, la Chine ne serait qu'un pays lointain gouverné par une clique dont l'idéologie communiste serait observée avec méfiance par le concert des nations. À sa façon, donc, le Panamá contribuait beaucoup à l'essor de l'économie chinoise, n'en déplaise à maman qui faisait la fine bouche devant tous ces chapeaux à bas prix envahissant les rues de la ville.

Cristóbal l'avait repéré le premier tandis qu'ils s'engageaient dans la ruelle coloniale conduisant vers la maison. Habillé tout en blanc, la casquette d'un capitaine de bateau bien calée sur la tête, l'étranger scrutait le Parque Bolívar avec l'air de quelqu'un qui y aurait perdu quelque chose. *Demande-lui ce qu'il cherche*, avait soufflé sa mère d'un ton intrigué en l'apercevant à son tour. Grand, le port élégant des marins habitués à se tenir bien droit à la barre, l'homme réagit vivement malgré la chaleur en entendant la question du garçon :

— Cherchez-vous quelque chose, monsieur ?

— *I'm looking for Bolívar. I wonder if I am in the right place.*

Ils s'étaient rapprochés. Une ancre bleue flanquée de deux étoiles dorées, brodée sur la casquette d'un blanc immaculé, capta l'attention du fils. Était-ce un capitaine de passage vers la côte ouest des États-Unis ou un de ces millionnaires à la noix de coco qui aimaient étaler de temps à autre leur fric en escale ? Maman pouvait le regarder à son aise, maintenant, surtout ce menton à la Michael Douglas qui étincelait au soleil comme la proue d'un yacht.

Pauvre petite maman, c'était dans ce regard ébloui qu'il la découvrait subitement, tout compte fait naïve et quétaine, s'efforçant de parler en anglais :

— *He is dead, you know.*

L'homme au menton hollywoodien se mit à rire et l'enfant eut honte pour eux, mais surtout pour elle. Alors il cria à tue-tête :

— *But he's going to come back and that day you're not going to laugh anymore, you know !*

— Voyons, Cristóbal, qu'est-ce qui te prend ?

En voyant sa mère se retourner contre lui, il dut contenir un désir violent de la frapper en pleine poitrine. L'homme riait toujours, et il sentait que ce rire s'ajoutait à la chaleur qui embrasait la place.

Tout à coup, le garçon éprouva le besoin d'aller chercher un peu d'ombre dans la quincaillerie de son père. Avec un peu de chance, il serait encore là ; il l'aiderait alors à fermer boutique.

La *casita* de Punta Uva

J'avais beau me lever tôt, c'était toujours elle la première à voir le soleil poindre à l'horizon, comme un gros camembert que la main d'un enfant se serait amusée à colorier de rouge. Elle le contemplait, une tasse de café noir à la main. Rien ne la pressait, mais rien non plus ne semblait l'arrêter. Tout se passait comme si sa démarche allait de soi. Un corps dont l'énergie semblait intarissable. Du matin au soir. Elle n'avait qu'à descendre l'escalier en colimaçon du haut de la galerie surplombant la piscine pour gagner la mer. Moi, en revanche, je venais de plus loin. D'un ramassis de cabanes à moitié démantibulées par les rafales de vent souvent violentes et les singes hurleurs qui y multipliaient des querelles en trompe-l'œil. Pedro, le seigneur des lieux, m'en louait une pour cent dollars américains la semaine. Pour même pas cinq dollars par jour, j'avais aussi le droit d'utiliser un vieux vélo et une planche pour faire du surf à la plage de Cocles, à un jet de pierre de Punta Uva. Or, c'était cette femme qui attirait mon attention, peut-être parce qu'on m'avait soufflé à l'oreille, une nuit de rhum et de cannabis à Puerto Viejo, que son mari, riche et totalement alcoolique, n'était plus capable d'honorer le lit conjugal. Pieds nus sur le sable encore frais du petit matin, Tina, comme on l'appelait là-bas, s'asseyait sur un des troncs de cocotier que les orages des Caraïbes déposaient au bord des plages de l'hôtel dont elle était la propriétaire avec son conjoint. Il arrivait parfois qu'elle soit accompagnée de son chien, un gros berger allemand ayant la mauvaise habitude de grogner dès que j'approchais de sa maîtresse. Il flairait que je venais de l'autre côté de la route, là où les hôtels sentaient le graillon et le rhum à quatre sous. J'aurais bien aimé, moi, avoir une chambre les pieds dans l'eau, mais mes maigres ressources de photographe à la pige dans un journal alternatif de Toronto ne me le permettaient pas. Une semaine environ après mon arrivée, le chien ne venait plus. J'avais alors les coudées franches pour suivre les traces de la patronne sur le sable à l'heure où les touristes n'étaient pas encore levés. Des touristes, elle en avait beaucoup, Tina : Français, Britanniques, États-Uniens, Italiens, Allemands, Espagnols, même un couple de Canadiens d'Ottawa qui se faisaient construire une maison entre les arbres sur un terrain voisin, Nicole et Patrick, l'air toujours heureux comme si la seule perspective d'y avoir sous peu une maison les immunisait contre tous les maux de la terre.

Elle fixait la mer avec intensité, Tina, Christina Luft, de son vrai nom. Son regard ne laissait pas échapper la moindre miette du bleu turquoise qui enveloppait l'hôtel. Un regard goulu de propriétaire, tout compte fait. C'est ce que je pensais en la regardant observer la mer avec une sorte de cupidité qui s'appuyait sans doute sur toutes les dunes de sable entourant l'hôtel Las Palmas, l'un des plus beaux de Punta Uva, le plus proche de l'océan en tout cas. Une certaine naïveté dont je n'arrive pas à me débarrasser encore aujourd'hui me faisait croire que la disparition du berger allemand à ses côtés était sa manière discrète de me souhaiter la bienvenue sur sa plage à elle. Au Costa Rica, en réalité, la frange côtière appartient à l'État mais l'hôtel Las Palmas utilisait même les cocotiers pour installer les projecteurs braqués sur la crête des vagues la nuit. Les vagues n'avaient d'ailleurs nul besoin d'être éclairées, car leur écume étincelait comme des lucioles à la tombée du jour. À croire que la barrière de corail non loin de là mettait un point d'honneur à leur transmettre cette intensité secrète qui émane de la multiplication des polypes sous l'eau. L'administration de l'hôtel avait aussi coupé des arbres afin d'aménager des espaces où les vacanciers pouvaient pratiquer tous ces sports qui empoisonnent la vie des voyageurs qui, comme moi, ne veulent que marcher sur le sable chaud sans avoir à guetter à droite et à gauche de peur de recevoir un ballon ou un Frisbee en pleine tronche. Depuis belle lurette, un procès opposait l'hôtel aux autorités de San José, qui l'accusaient de ne pas respecter plusieurs règlements protégeant l'écosystème du Refugio de Vida Silvestre Gandoca-Manzanillo. Tina prétendait que ce refuge de la vie sauvage commençait là où se terminait son hôtel. *Au moment où nous avons acheté ces terres pour bâtir Las Palmas, la loi de création du refuge n'avait même pas été votée,* disait-elle à qui voulait l'entendre. Derrière ce « nous » se cachait Jan Kalina Hrub, son époux, engagé à l'époque dans un ambitieux projet de construction d'une marina à Puerto Viejo, le village voisin. Né à Prague, écorcheur non seulement du paysage, mais également de la langue espagnole en dépit d'un long et fructueux séjour sur place, cet entrepreneur ne comptait pas que des amis au Costa Rica. Il va sans dire que Tina ne parlait jamais de ça avec moi, qui étais avide de cueillir toutes sortes de racontars à son sujet lors de mes passages sur *sa* plage. C'était donc en glanant des commérages à droite et à gauche que j'étais devenu une sorte de passeur *entre deux mondes. Acheté les plages ? Voyons, c'est impossible. Le Costa Rica ne tolère que des concessions pour les franges côtières, et encore faut-il respecter la loi.* Cirilo Sotomayor, le tenancier noir du café Los Cocos où je prenais mon premier expresso de la journée, ne plaisantait pas là-dessus. Depuis quand tous ces métèques venus des quatre coins de la planète avaient-ils le droit de planter leurs drapeaux de pirates sur des plages publiques appartenant au peuple costaricain ? Pourtant, les ancêtres des Noirs habitant la province de Limón, au bord de l'Atlantique, où se trouvait la réserve, étaient venus en 1825 des Antilles, des États-Unis et de diverses îles du Pacifique. Pêcheurs, chasseurs de tortues, cueilleurs de cacao et vendeurs de noix de coco, ils s'étaient fait une place au soleil en profitant du peu d'intérêt que les Costaricains manifestaient à l'époque pour ce bout de territoire caribéen coupé de la capitale par des forêts pluviales et des montagnes que les singes hurleurs étaient les seuls à fréquenter. L'United Fruit Company y avait trouvé une main-d'œuvre bon marché et corvéable à merci à la fin du XIXe siècle. En l'espace de dix ans (entre 1882 et 1891), quatre mille hommes avaient trouvé la mort dans la réalisation de trente kilomètres de voies ferrées destinées à acheminer la banane vers le port de Limón. Dix mille travailleurs connurent un sort identique lors du recrutement suivant. Il n'y avait pas vraiment de rancune dans la voix de Cirilo, juste le désir de ne pas voir tous ces Blancs-là s'accaparer la terre autour de lui. Moi, en revanche, je ne voyais pas les choses exactement de cette façon. La terre ? Personne ne pouvait la posséder, voyons. Une illusion, une vue de l'esprit ; tôt ou tard, elle reprenait ses droits, surtout avec une nature prête à tout vous rafler en un clin d'œil. Il fallait entendre un tant soit peu cette vie sauvage hurlant entre les arbres la nuit pour comprendre à qui appartenait le sol. Tous ces bruits ne devaient pas échapper aux oreilles attentives de la femme, y compris ceux, peu flatteurs, concernant son mari, mais comment savoir ce qu'elle décidait d'écarter, voire de taire dans sa conscience afin de conserver l'équilibre de ses jours de propriétaire d'hôtel au bord de l'océan dans le seul pays sans armée des Amériques ?

Même si elle ne me regardait jamais, je voulais croire que ma présence avait déjà été remarquée. Mais parfois, je me demandais si c'était vraiment le cas. Combien de fois dans le passé n'avais-je pas pris mon désir pour une réalité ? Et si elle n'était que l'effet d'un hologramme projeté depuis l'hôtel pour attirer des touristes en goguette ? Pourtant, rien dans son attitude ne permettait d'imaginer une quelconque volonté de séduction. Le visage calme mais toujours grave, le regard rivé à la naissance du jour, la voix un peu éraillée des femmes habituées à commander, Tina *demeurait* allemande de la tête aux pieds, tout comme son nom de famille, Luft, qui à lui seul vous transportait en Allemagne en un clin d'œil. Les gens du coin prononçaient « Loft », comme s'ils voulaient ne conserver que sa métamorphose architecturale new-yorkaise. Aussi, désertée par le désir de son homme, et à l'image d'un loft laissé vacant, était-elle en quelque sorte un espace à apprivoiser. Tina Loft vivait-elle avec appréhension ou avec un secret espoir ce désir d'occupation qu'elle suscitait chez certains malotrus de mon acabit ? Je l'avais déjà vue diriger le personnel de l'hôtel à l'heure du repas le vendredi soir, indifférente au regard lascif des clients accoudés au bar. Une de ces rares occasions où je me permettais d'aller au Coralina, le resto très couru de l'hôtel. Sa voix était douce et ferme à la fois. Une voix qui vous caressait tout en vous commandant. Il fallait savoir s'y prendre, surtout sous une chaleur accablante qui, certains jours d'orage, vous ramollissait la cervelle comme si c'était de la pâte à modeler. Et cette humidité qui vous collait à la peau à longueur de journée. Puis il y avait son corps mince, bien proportionné, et sa démarche précise qui ne semblait laisser rien au hasard. Bref, le type de femme qui chronomètre son temps à la seconde près, empêchant tout ennui de la distraire de son parcours. Sa manière sans doute de tenir le cap malgré les affres d'un mari alcoolique, mais cette réflexion m'est venue beaucoup plus tard, alors que j'étais déjà rentré à Toronto et que leur hôtel avait été rayé de la carte. En effet, j'ignorais alors que les jours sur ce bout de terre au bord des Caraïbes leur étaient comptés. Forcément, a posteriori, ça rendait la voix de cette femme encore plus nette et ses pas sur le sable d'autant plus précieux tandis que la chaleur calcinait les restes de Las Palmas. C'était peut-être ça aussi qui me fascinait chez elle. Comment pouvait-elle rester fidèle à elle-même dans un climat pareil ? Comment faisait-elle pour résister à la tentation de tropicalisation gagnant tous les étrangers qui échouaient sur ces plages ? Cette partie de la côte atlantique nommée « Caribe Sur » au Costa Rica était souvent la proie de pluies diluviennes dont la violence arrachait les arbres à la racine. Puis encore et toujours cette chaleur ventouse, entêtée, sans miséricorde. Comment faisait Christina Luft pour que la combinaison de chaleur et de rhum qui écrabouillait à vue d'œil les réflexes de son mari ne rejaillît pas sur elle ?

Bernard, le chef de cuisine, un Belge tropicalisé lui aussi jusqu'à la moelle, avait été le premier à me prévenir. *Quand le patron rentre le soir de Puerto Viejo, il vaut mieux qu'il te retrouve pas sur son chemin.* Le nombre de mojitos et de margaritas qu'il pouvait enfiler dans une seule soirée méritait selon lui de figurer dans un livre Guiness de records. *Moi,* ajoutait le maître des cuisines de l'hôtel Las Palmas, *je suis un enfant de chœur à côté.* Lui-même, pourtant, était une éponge qui absorbait tous les liquides qui traînaient sur ses nombreux comptoirs. Il m'arrivait au moins une fois par semaine de faire appel à sa cuisine pour apaiser ma faim après une journée de surf à la plage de Cocles. Il aimait parler en français avec moi et il ne venait jamais à ma table sans une bouteille de vin rouge, dont il buvait les trois quarts en l'espace de quelques minutes sous prétexte qu'il devait retourner à ses chaudrons. C'est d'ailleurs lors d'une de ces soirées bien arrosées qu'il m'avait appris que Tina et son mari venaient de recevoir l'ordre d'une cour de San José de quitter les lieux. Devant mon air ahuri, il avait ajouté que ce n'était pas la première fois qu'on les sommait de partir et que leur avocat, un filou de la pire espèce, allait sans doute les tirer d'affaire encore une fois. Selon lui, les ordres d'expulsion se perdaient souvent en cours de route dans la capitale du Costa Rica, surtout si elles rencontraient des fonctionnaires véreux sur leur chemin. Un tantinet inquiet, je m'étais quand même promis de m'en servir comme prétexte pour parler à Tina dès que je la reverrais sur la plage au petit matin.

Un dimanche, alors que je sortais de l'eau de très bonne heure comme à l'accoutumée, je la vis assise sur un gros tronc, déposé sur le sable par la dernière tempête. Avec la témérité d'un corps revigoré par le sel de l'océan, je me précipitai à sa rencontre. Je n'oublierai jamais la douceur de son regard lorsqu'elle m'accueillit avec une serviette de bain dans les mains. C'était la serviette que j'avais laissée sur le tronc qu'elle venait de prendre, dans un geste qui faisait écho à mon audace. Sans dire un mot, je me tournai vers la mer et elle me frictionna le dos comme si cet accueil avait été prévu depuis longtemps et que rien ni personne ne devait empêcher le rituel d'avoir lieu. Pendant quelques secondes, je m'abandonnai à l'impression d'avoir enfin trouvé ce geste de bienvenue sans lequel un étranger n'arrive pas à faire un pas devant l'autre.

— Elle est tiède comme si le soleil ne s'était jamais couché, murmurai-je.

— Je sais, surtout ici, à Punta Uva. Les courants froids nous évitent...

Sa voix avait quelque chose de profondément mélancolique ce matin-là, ou était-ce le soleil levant qui me donnait cette impression d'une vulnérabilité que je n'avais pas ressentie jusque-là chez elle ?

— Est-ce vrai, Tina, qu'il vous faudra quitter ces lieux ?

Il y eut un long silence, pendant lequel je regrettai ma phrase. Puis, contre toute attente, sa voix revint, revitalisée probablement par ce disque qui mettait le feu à l'horizon.

— Jamais ! Nous avons tout bâti ici. Avant nous, les plages étaient impraticables, et il fallait venir en bateau. Nous donnons du travail aux gens des environs. La concession nous a été accordée bien avant les nouveaux règlements sur le parc national, s'exclama-t-elle en esquissant un geste de la main en direction de Manzanillo.

Ma question l'ayant rapprochée de son mari, je m'en voulus à mort d'avoir été aussi maladroit.

Quand je me retournai pour la regarder dans les yeux, le soleil éclairait les cocotiers sur la plage, et je sentis que la fraction de seconde pendant laquelle j'aurais pu l'embrasser était déjà derrière nous.

Les jours qui suivirent, j'essayai en vain de retrouver les conditions qui avaient facilité notre première rencontre. Soucieux d'être le premier à mettre les pieds sur le sable, je me levais toujours à l'aube, mais, au moment de quitter la mer, je ne voyais personne près du tronc qui nous avait servi de radeau. Ce tronc avait d'ailleurs l'air d'un guerrier blessé qu'on aurait oublié après le combat. Rien ne pouvait pourtant effacer de ma mémoire l'image de Tina avec une serviette de bain entre les mains.

Bernard, le chef du restaurant, avec qui j'avais reparlé de la menace d'expulsion planant sur l'hôtel, m'avait rassuré en affirmant que cette éventualité lui paraissait hautement improbable. À son avis, Punta Uva était bien trop loin de San José, puis la lenteur des *Ticos*[1] était proverbiale. *C'est pour ça qu'ils aiment les tortues : c'est le seul animal qu'ils sont capables de dépasser*, avait-il ironisé. Nous étions assis à une table de la salle à manger qui donnait sur la plage. Il était près de minuit, et les clients de l'hôtel commençaient à regagner leurs chambres avec air climatisé et écran extraplat accroché au mur. La chaleur ne cédait pas, et le vol ivre des moustiques gorgés de sang était le seul semblant de brise dans une nuit privée de vent. À plusieurs reprises, le cuisinier de Las Palmas avait eu recours aux serviettes en papier pour éponger son front. Je revois son visage poupin et rougeaud de poivrot hilare. Il avait la résistance de certains ivrognes qu'aucune cuite ne terrasse. Tout juste si j'avais réussi à tirer un verre de la bouteille qu'il venait de vider. Pour une fois qu'il avait apporté un vin au-dessus de la moyenne. Un chianti haut de gamme qui accompagnait à merveille les raviolis aux fruits de mer qu'il préparait en vrai connaisseur de pâtes. Il avait suffi que je lui avoue mon

1. Habitants du Costa Rica (note de l'auteur).

faible pour la cuisine italienne pour qu'il s'efforce chaque vendredi soir de me régaler comme un frère. D'où venait cette sympathie subite pour un métèque comme moi ? Il reconnaissait probablement les premiers pas de l'étranger qu'il avait été sur la côte caribéenne. Puis ça l'amusait de voir un Canadien qui n'avait pas le sou alors que mes compatriotes étaient nombreux à se balader en 4×4 sur la route, à se payer des villas à flanc de colline ou même au bord de la mer, comme le couple d'Ottawa qui avait dû dépenser une fortune dans l'acquisition du terrain sur lequel il construisait sa maison.

En proie aux piqûres des moustiques et sans même un soupçon de fraîcheur venant de la mer, je ne m'attardais en compagnie de Bernard que dans l'espoir de revoir Tina. Or, l'heure avançant, son mari avait monté en titubant l'escalier menant à leur appartement, tandis que le personnel commençait à préparer les tables pour le petit-déjeuner du lendemain. Incapable de taire plus longtemps mon désir de revoir la patronne, j'interrogeai tout de go le chef du restaurant. Son sourire complice me fit comprendre que je n'étais pas le seul à la convoiter. *Elle doit être chez elle, à l'autre bout de l'hôtel,* dit-il d'une voix basse, comme s'il me confiait un secret. *Chez elle ?* fis-je, surpris. Alors, il m'expliqua qu'elle avait fait construire une maison — *C'est une petite maison,* casita *en espagnol, tout au bord de la mer* — de l'autre côté des piscines, au milieu des arbres où trouvaient refuge les singes hurleurs. Pour s'y rendre, il suffisait d'emprunter le chemin qui bifurquait à gauche avant de regagner la route principale, puis de traverser l'étang des tortues et de suivre ensuite la pancarte fléchée indiquant la *casita* de Punta Uva. Sans que je le lui demande, Bernard m'expliqua que Tina aimait bien y passer sa soirée du vendredi, un livre à la main. *Toujours le même parce que la patronne ne lit qu'elle-même.* Comment avait-il appris tout ça ? Voulait-il dire par là qu'elle utilisait le livre en question comme un miroir pour mieux se connaître ? Je m'apprêtais à lui poser la question lorsqu'on l'appela des cuisines. J'en profitai pour filer à l'anglaise. Ce n'était pas la première fois que je partais sans payer. Je commençais à soupçonner que l'appel pressant venant tout à coup du fond des fourneaux n'était qu'un prétexte élégant de sa part pour me permettre d'esquiver l'addition. Autrement, pourquoi n'y faisait-il jamais allusion lors de nos retrouvailles hebdomadaires ?

Mon désir de revoir Tina était si fort que je m'engageai sur le sentier qui bifurquait. Avec l'information fournie par le chef de Las Palmas, il aurait fallu que je sois de marbre pour ne pas obliquer à gauche. Une fois le stationnement derrière moi, j'entendis la litanie grave des crapauds dans les premiers marécages, puis ce fut le tour des tortues siffleuses venues du Panamá voisin, et enfin les aboiements d'un chien derrière la clôture séparant le parc national de l'hôtel. Les chiens ne m'ont jamais fait peur, et leur odorat fin leur conseille sans doute d'éviter de croiser mon chemin quand je vais à la chasse. Je sais, ça semble un manque de modestie de ma part mais c'est la stricte vérité, la peur dégageant une odeur chez les humains que ces quadrupèdes flairent de loin. Des réverbères éclairaient une pergola devant une maison en brique rouge avec des arcades peintes à la chaux tout autour du jardin. Elle avait deux étages, avec un balcon en forme de proue au milieu des branches. La vue du lever du soleil devait y être saisissante. Je compris sur le coup pourquoi Tina avait choisi ce site pour s'y construire une maison à elle toute seule : ce lieu détraquait la notion du temps au point de vous faire sentir immortel. Guidé par mon instinct, j'avançais d'un pas furtif, mais sans l'ombre d'une crainte. Sous l'effet de l'alcool consommé en compagnie du cuistot, je m'approchai de l'entrée d'un pas décidé. Deux des fenêtres face au chemin menant vers la plage avaient les rideaux tirés. En dépit de ma fébrilité et de ma hâte, je préférai tout de même y jeter un coup d'œil avant de frapper à la porte. Alors que je mettais un pied dans le jardin, un bruit me fit sursauter. C'était le chien qui sans crier gare venait me barrer la route. Prévoyant, j'avais ramassé une branche aussi grosse qu'un bâton de baseball à l'endroit où la fourche divisait le chemin en deux. Une colère subite me parcourut la colonne vertébrale. Je ne peux dire d'où elle venait, mais elle était ancienne. Ce chien, j'étais prêt à l'assommer d'un coup de bâton sur le museau, même que c'était ce que je voulais, indépendamment de ce qu'il déciderait de faire. Plutôt que de m'immobiliser, j'esquissai un geste de menace, et la bête déguerpit, la queue entre les pattes. Je compris qu'il s'agissait d'un cerbère en trompe-l'œil. J'en profitai pour scruter le salon à ma guise. Tout baignait dans la pénombre, excepté une lampe Tiffany suspendue au-dessus d'une table, au fond du salon. J'aperçus à ce moment-là Tina, attablée avec un inconnu. Ni jeune ni vieux, mais avec ce profil prononcé qui donne à certains hommes un air de marin récemment descendu d'un bateau. Mon cœur fit un bond dans ma poitrine. Ayant perdu tout mon sang-froid, je rebroussai chemin. Je compris à ce moment-là que Tina n'avait pas besoin d'un chien de garde pour chasser les intrus.

Pendant trois ou quatre jours, je fis l'école buissonnière. L'appel de la mer n'étant plus le même, je n'avais plus le goût de me traîner les pieds sur une plage que les yeux de Tina avaient cessé d'explorer. Puis, un beau matin, je sentis que l'envie revenait, mais comme une nécessité attachée au sable chaud et à l'arrière-goût d'eau salée dans ma bouche. C'était un moment de délivrance : plus besoin d'être sous le regard de cette femme qui, silencieuse et drapée dans son autorité de propriétaire du plus bel hôtel de Punta Uva, demeurait hors de ma portée. Les singes avaient hurlé pendant une bonne partie de la nuit. Le souffle entrecoupé, haletant, comme quelqu'un qui a du mal à trouver son rythme, je respirais bruyamment, mais je ne m'étais pourtant pas levé fatigué. Quelque chose avait poussé en moi, et c'était, je crois, un sentiment retrouvé de liberté. Je n'étais pas venu au Costa Rica pour tomber amoureux d'une femme mariée qui fixait l'océan avec la cupidité d'un promoteur immobilier. On m'avait confirmé que son mari voulait y bâtir une marina, puis des condos et tout le tralala. Je voyais déjà les touristes venus du Nord piétiner ce sable encore vierge. En respirant à pleins poumons l'air marin qui venait à ma rencontre, je me demandai quand même si j'étais de bonne foi en pensant ainsi. Tina, après toutes ces années de vie commune avec un ivrogne, n'avait-elle pas gagné le droit d'inviter qui elle voulait dans sa *casita* de Punta Uva ? Pourquoi lui en vouloir d'avoir préféré peut-être l'un de ces voyageurs américains entre deux âges, au portefeuille bien garni ? L'incertitude qui s'abattait sur son hôtel était sans doute bien trop grande pour qu'un quidam de mon acabit pût la dissiper. Je me rendis alors compte que, pour ne plus l'aimer, il eût fallu que je lui pardonne sa trahison. Mais le mot *trahison* se justifiait-il ? Incapable de trancher, et encore moins de pardonner, j'anticipais déjà un retour douloureux aux souvenirs de l'aube où elle m'avait accueilli au bord de la mer.

Le lendemain, en descendant la colline, le ventre encore creux, je me laissai guider par les premières lueurs à l'horizon. La mer tenant toujours ses promesses, il suffisait de remplir mes poumons avec l'air iodé apporté par le vent pour retrouver mon élan. Avant de traverser la route, je fus arrêté par un grincement de chenilles sur le bas-côté. C'est alors que je les vis. Une file d'au moins cinq bulldozers s'engageait sur le sentier conduisant à l'hôtel. Deux camions de la police judiciaire fermaient le convoi. Mon cœur se mit à battre la chamade. J'aurais voulu courir prévenir Tina, mais les flics commençaient à ériger des barrières métalliques bloquant tout accès au chemin. Incrédule et révolté, je fis quelques pas en leur direction. *Je veux aller à la plage.* Ma voix s'était fait entendre en dépit du vacarme assourdissant qui gagnait les lieux. On aurait dit qu'ils n'attendaient que moi pour mettre en branle l'opération. Quelle logique était derrière cette volonté d'anéantir l'œuvre de toute une vie? Et dire que cela se passait dans un pays où la devise était «*Pura vida*»... Je répétai avec l'obstination de quelqu'un qui ne fait pas confiance à ses yeux:

— Je veux aller à la plage.

Un Métis en uniforme au regard sans miséricorde me toisa des pieds à la tête. Puis il dit:

— La mer est barrée ce matin.

Homme regardant vers l'ouest dans un stationnement

La Mini vert pomme était partie du 4521, rue Clark à dix-sept heures pile et, une heure et demie plus tard, elle n'avait pas encore atteint le lac des Deux Montagnes. Le pont de l'île aux Tourtes se faisait toujours attendre, la voiture avançant à pas de tortue. Comme il avait hâte de quitter l'île pour aller s'installer dans ce chalet au bord d'un lac en Outaouais, trouvé sur Internet. Si les photos correspondaient à la réalité, lui et Françoise en auraient pour leur argent. Pris dans une circulation pare-chocs contre pare-chocs, que des chantiers ici et là mettaient un point d'honneur à transformer en cauchemar à ciel ouvert, il s'accrochait à l'idée que la vue de l'eau pendant une bonne dizaine de jours apaiserait son esprit tourmenté par des soucis rattachés pour la plupart à son travail. Depuis qu'il s'était installé à son compte, le nombre de ses clients n'avait cessé d'augmenter, mais son équilibre interne s'en ressentait. L'acupuncture qu'il pratiquait venait de l'Inde et non pas de la Chine, comme pour la plupart de ses collègues. Elle exigeait une étude exhaustive des conflits d'énergie chez chacun de ses patients. Des crispations et des toxines, il en prenait plein la gueule à longueur de journée. Ainsi se transformait-il en éponge qui absorbait tout, y compris l'anxiété qui minait le sommeil de beaucoup de ses clients. C'est à ce prix qu'il pouvait aider les autres. Mais n'était-il pas trop fragile pour ce type d'activité professionnelle ? Il s'en apercevait à présent, mais on ne change pas de métier du jour au lendemain. Surtout pas lorsqu'on vient de s'installer et qu'on a enfin de quoi payer les factures.

Deux sorties fermées sur la 40 Ouest n'aidaient pas à rendre plus fluide le flot des véhicules. Il avait mis la radio pour écouter les nouvelles ; bien calée dans le siège du passager, Françoise fermait les yeux avec l'obstination de quelqu'un qui se refuse à accepter le paysage. De temps à autre, il tournait la tête en sa direction. *Françoise, es-tu là ?* Peine perdue. Le regard sombre, le conducteur crispait ses mains sur le volant. On voyait bien qu'une dispute avait éclaté juste avant le départ. L'insistance du regard qu'il portait sur la femme révélait le malaise qu'il éprouvait devant son silence. Ses yeux inquiets cherchaient noise à leur façon, ne serait-ce que parce qu'il voulait, en désespoir de cause, revenir en arrière ; mais comment toucher une opposante qui dort, ou fait semblant de dormir, tandis que vous tenez le volant de vos deux mains et que la radio n'arrête pas de compter les morts de la tragédie de Lac-Mégantic ?

— Françoise...

— ...

— Françoise, j'ai à te parler...

— On s'est déjà tout dit.

— Tu ne vas pas t'en tirer comme ça. Écoute, il faut qu'on s'explique...

— Je connais tes explications. Tu veux toujours avoir raison, puis ça ne s'arrête jamais.

— T'es vraiment pas juste. Il ne s'agit pas d'avoir raison ou d'avoir tort. J'ai besoin de savoir pourquoi tu réponds toujours au téléphone quand on est à table. Je t'ai dit mille fois de ne pas le faire, ça casse l'atmosphère, puis je sens que je viens toujours après les autres.

Il parlait d'une voix rentrée. Une voix qui peinait à se débarrasser de l'émotion qui l'étranglait. Mais n'était-ce pas toujours sous le coup de l'émotion qu'il parlait avec elle ? De temps à autre, il ajustait sa casquette Levi's sur sa tête d'un geste rapide et saccadé.

— Je suis fatiguée, je veux juste qu'on roule en silence. Arrête de parler et concentre-toi sur la route. Ça serait le comble qu'on ait un accident par-dessus le marché.

Les yeux obstinément fermés, elle restait cloîtrée dans sa coquille. Tout un tas de kilomètres à parcourir dans ce silence qui réveillait le sentiment d'échec à répétition qu'il ressentait dès qu'il s'agissait de gérer en harmonie une sortie au restaurant ou un départ en vacances. Arrivant enfin au lac des Deux Montagnes, il se sentit un peu moins contracté, puis la route en direction d'Ottawa s'ouvrit devant la Mini, qui, vue de loin, avait l'air d'une pomme à quatre roues. À présent, elle se déplaçait à vive allure tandis que le soleil de la mi-juillet fuyait vers l'ouest. Bientôt, l'horizon aurait la couleur safran de la tunique des moines bouddhistes qui doivent quémander leur pitance avant d'aller se coucher.

Il avait beau essayer de penser à autre chose, rien n'y faisait, toutes ses pensées convergeaient vers un seul point : elle, à ses côtés, murée dans un silence que la monotonie de la route et la tombée du jour rendaient d'autant plus accablant. Ça faisait combien de temps qu'ils formaient ce que les gens appellent un « couple » ? Sept, huit ans ? Des scènes comme celle d'hier soir, ils en avaient connu plusieurs. De petites choses qui dégénéraient en un clin d'œil, mine de rien, comme s'ils n'étaient plus capables de profiter de ces moments de convivialité où un couple parvient tant bien que mal à faire peau neuve. Ils étaient allés la veille dans un restaurant péruvien tout près du marché Jean-Talon, qui préparait le meilleur ceviche de Montréal. Tout avait pourtant très bien commencé, avec un tamal dont la saveur allègrement épicée restait bien en bouche. Il avait commandé une Cusqueña et il s'était fait un plaisir d'en vanter les mérites à table. *C'est ce qu'ils font de mieux comme bière au pays des Incas,* avait-il conclu sur un ton pompeux. Serait-ce cette phrase baveuse à souhait qui aurait poussé Françoise à se retrancher derrière son iPhone, qu'elle consultait par ailleurs mille et une fois par jour ? Toujours est-il que l'appel téléphonique coïncida avec l'arrivée du ceviche. La sonnerie très heavy metal du portable de sa compagne était déjà en elle-même un bris de contrat au sein de ce centre de la gastronomie sud-américaine. Mais le pire était d'avoir répondu. Pourquoi avait-elle fait ça, et avec autant de détermination alors qu'ils étaient supposés fêter leur départ en vacances ? Une longue conversation s'en était suivie pendant laquelle il avait retenu sa fourchette d'une main tremblante tellement tout son être s'était tendu, comme s'il venait de recevoir un crochet en plein ventre.

— C'était Flavia qui nous invite à passer la voir à Gatineau cette fin de semaine. Elle m'assure que Gatineau n'est pas trop loin de là où l'on va.

— …

— Tu te souviens d'elle, n'est-ce pas ? Je t'en ai déjà parlé, elle vient d'emménager dans son nouveau condo au bord de la rivière des Outaouais.

— J'ai un ceviche devant mes yeux, ça fait des mois que j'en rêve et tu ne trouves pas mieux que de me couper l'appétit avec ton satané iPhone. Que veux-tu que je fasse de ta Flavia, de sa rivière et de sa maudite ville ? Non, mais franchement, je m'en contrefous, comprends-tu ? Est-ce trop te demander encore une fois de ne pas te servir du téléphone quand on est à table ?

La voix de l'homme était grave et non dépourvue d'une certaine colère, et Françoise avait eu l'impression que tous les yeux du restaurant étaient braqués sur elle. Le visage soudainement assombri, elle ne tarda pas à écarter son assiette avec un geste d'écœurement. Du coup, il comprit qu'il devrait déguster son mets favori dans l'amertume d'une soirée gâchée.

Inlassablement, il repassait en boucle la scène de la veille au restaurant tandis qu'ils se rapprochaient de la frontière ontarienne. Comment ne pas céder à la tentation d'augmenter d'un cran ce sentiment d'avoir été relégué au second plan par ce coup de téléphone? *Allons, vas-y, encore un tout petit effort et tu deviendras complètement malheureux.* Inutilement, il s'efforçait de mettre une pincée d'humour dans sa vision rétrospective fort dramatique. « Coup de téléphone », l'expression prenait tout son sens dès qu'elle se décantait dans les alambics de sa mémoire. Une liqueur amère s'en dégageait, puis cette rancune qui nous rappelle que nous n'avons pas été heureux. Et voilà le souvenir qui en grossissant prenait la place de l'incident lui-même. Comment mettre en perspective ce qui était RÉELLEMENT arrivé à partir du moment où une très forte rancune s'emparait de lui? Ils étaient donc trois dans la voiture, qui roulait à présent sur la 417 Ouest: elle, lui et le souvenir de ce qui leur était arrivé au restaurant péruvien. Il roulait à plus de cent trente kilomètres-heure, comme pour récupérer le temps perdu dans les bouchons à la sortie de Montréal, puis les bonnes soixante minutes foutues en l'air entre deux barrages. Une grosse pancarte au bord de l'autoroute rappelait les amendes salées qui attendaient les automobilistes un peu trop pressés. Il se souvenait de la contravention pour excès de vitesse qu'on lui avait collée récemment, lors d'une de ces trappes au radar que les flics du comté de Prescott-Russell tendent régulièrement aux automobilistes se rendant à Montréal par la 417 Est. « Vous rouliez à cent trente et un kilomètres-heure. » « Impossible, mon *cruise control* est bloqué à cent vingt kilomètres-heure. » « Vous rouliez quand même au-dessus de la limite permise. Voici votre amende et n'oubliez pas de régler votre régulateur de vitesse en conformité avec la loi. » Il se jurait toujours de ne plus emprunter la voiture de sa blonde et de prendre l'autobus ou le train pour son prochain voyage à Ottawa, où il avait également quelques clients, mais ses vieilles habitudes reprenaient le dessus et il en était à se demander si la voiture ne constituait pas une sorte de dépendance aussi néfaste que l'alcool ou la cigarette. Il se rappelait très bien que son père, dans les dernières années de sa vie, prenait sa vieille Jaguar même pour aller se payer un café au bistrot du coin. C'est vrai qu'il habitait en haut d'une colline, mais la pente n'était pas trop abrupte, puis marcher l'aurait aidé à mieux irriguer ses artères. Tout le monde sait qu'avec l'âge leur élasticité diminue et qu'il faut redoubler d'efforts si l'on veut éviter d'aller manger les pissenlits par la racine prématurément. Fumeur de longue date, gros buveur de rouge, accro à la voiture même pour aller pisser, ce père grand et beau était devenu obèse, se contentant d'un film porno le dimanche, ne serait-ce que pour se rappeler qu'il avait été humain tout comme les autres. La mémoire du père décédé l'été dernier était aussi lourde à porter que sa carcasse le jour de son enterrement. Aussitôt l'école secondaire terminée, le fils lui avait fait part de son projet d'aller à Pondichéry suivre un enseignement à l'ashram de Sri Aurobindo. *J'ai juste besoin d'un prêt, c'est tout ce que je te demande. Je te promets que je te rembourserai.* Il n'oublierait jamais le regard détaché de son père, puis sa réponse: *Ne crois-tu pas que tu me dois déjà beaucoup ?* À l'époque, son père faisait des profits en bourse, et ce n'était certainement pas le séjour de son fils dans un ashram en Inde qui l'aurait ruiné.

— Françoise…

…

— T'sais, si tu continues comme ça, on risque vraiment de rater nos vacances… Si c'est ça que tu veux, aie le courage au moins d'être franche avec moi.

— Ce sont tes vacances avant tout. C'est toi qui as choisi l'endroit, le chalet et tout le reste. Je ne fais que mettre ma voiture au service de ton désir, comme d'habitude.

— Voyons, Françoise, on s'était mis d'accord sur le fait que cette année, c'était moi qui organisais ça puisque tu t'en étais occupée l'été dernier, t'en souviens-tu?

— Arrête de parler, tu m'agaces, puis j'ai mal à la tête.

— T'as toujours mal à la tête dès qu'il s'agit de parler avec moi. Tu ferais mieux de dire que tu as mal à moi.

— Ta scène au restaurant, tu l'oublies? Je ne l'ai toujours pas digérée. Tu as été infect. Rien que d'y penser, j'ai envie de vomir.

— Mais tu n'as rien mangé au restaurant, Françoise, comment pourrais-tu «digérer» ou «vomir» quoi que ce soit?

Un silence, puis sa voix aigrie, et ce besoin de couper les liens dès qu'il dérapait un tant soit peu:

— L'humour n'a jamais été ton fort, tu ferais mieux de la fermer.

Les mots avaient été lâchés sans ménagement. Contre toute attente, il avait alors posé légèrement sa main sur l'avant-bras de la femme.

— *Don't touch me!* Puis garde tes deux mains sur le volant, Toribio, s'était-elle exclamée en retirant son bras avec brusquerie.

Pourquoi cette phrase en anglais? D'accord, sa langue maternelle à lui n'était pas le français, mais était-ce vraiment nécessaire de le lui souligner d'une façon si peu amène? Voilà pourquoi il n'aimait pas trop son prénom, qui, comme un grelot de lépreux, rappelait qu'il venait d'ailleurs. Ce prénom, il préférait le passer sous silence.

— J'aurais tellement voulu que ce voyage nous aide à dissiper les tensions des derniers mois, dit-il d'une voix qui se voulait conciliante.

Il y eut un nouveau silence, puis des mots aussi doux que du papier sablé:

— Les tensions, c'est toi qui les crées, tu ne peux pas *dissiper* ce qui te fait exister, voyons, tu carbures au conflit, et je suis une conne de t'avoir cru dans le passé. T'es foutu, Toribio, tu ne changeras jamais.

— Je t'ai déjà demandé pardon, Françoise, je regrette vivement de ne pas avoir pu te dire les choses autrement. J'ai honte de mon énervement, aide-moi à ne plus recommencer.

— Peine perdue, tu es ton pire ennemi, t'es foutu et tu le sais.

— Comment peux-tu être aussi dure?

— À force de vivre avec toi, j'ai fini par comprendre que c'est ça que tu attends de moi.

— Mais combien de fois t'ai-je demandé de ne pas répondre au téléphone lorsqu'on se met à table? C'est pourtant simple à comprendre!

— Arrête de me faire chier avec ça! Le téléphone n'est qu'un prétexte! Qui t'empêchait de manger tranquillement ton foutu ceviche le temps que je termine ma conversation avec Flavia, qui, soit dit en passant, appelait pour nous inviter chez elle ? Tout un crime, n'est-ce pas ?

La route dévidait impitoyable son bitume trempé dans un crépuscule qui aveuglait le conducteur au point de l'obliger à baisser encore d'un cran la visière de sa casquette. De son côté, la femme, tout en l'engueulant, gardait les yeux fermés. Il voyait sa poitrine s'agiter sous son t-shirt *Smile, you're still alive* rose saumon comme si elle manquait d'air.

— Veux-tu que je mette l'air climatisé ?

— …

Partie, elle était partie. Une dépouille assise à ses côtés, c'est tout ce qui restait d'elle. Le silence était sa fuite à elle, pourquoi ne pas l'accepter ? Mais le silence, celui-là en tout cas, n'était-il pas aussi une parole ? Une forme de désengagement, une façon unilatérale d'exprimer son refus du dialogue, un peu comme une pierre ou un couteau sur une table, un silence minéral ou métallique. Non, ce n'était pas le silence d'une nonne en harmonie avec un dieu dont elle voudrait susciter la pitié, ni celui d'une voyageuse que les épreuves de la route auraient rendue taciturne. Comment apprécier à sa juste valeur la signification exacte de ce silence sur une route censée les réunir au bord d'un lac de l'Outaouais ? Arrivés à destination, serait-il possible de reprendre langue sans s'écorcher mutuellement ? Elle finirait sans doute par se radoucir comme par le passé. À ce moment-là, le projet d'un séjour harmonieux ne serait plus un rêve, il pourrait se concrétiser. N'avait-elle pas besoin elle aussi de vacances ? Son travail de gérante dans un hôtel-boutique du Vieux-Montréal n'était pas de tout repos : dans un contexte économique plutôt difficile, il fallait saisir toutes les occasions pour maintenir un taux d'occupation sous lequel les chiffrent tournaient au rouge.

L'Est ontarien avait déjà égrené son chapelet de petits villages francophones quand ils s'arrêtèrent à l'entrée de Casselman pour faire le plein d'essence. Après un coucher de soleil tout en contrastes, de gros nuages bouchaient le ciel. On aurait dit un troupeau d'éléphants gonflés à l'hélium. En quelques minutes, des orages se mirent à gronder. *Il ne manquait plus que ça*, songea-t-il, soucieux, sous un ciel zébré d'éclairs. La pluie s'était mise soudainement à tomber avec de très fortes rafales, et il avait décidé de prendre sa petite valise avec lui pour en sortir l'imperméable et remplacer sa chemise trempée par l'orage au moment d'aller payer.

— Veux-tu m'accompagner et manger un morceau à la cafétéria en attendant la fin de l'orage ? Elle n'a pas l'air trop dégueulasse.

Elle hocha la tête de gauche à droite, le visage aussi fermé que les yeux.

Afin de ne pas couper l'air climatisé, il laissa les clefs dans le commutateur.

— Je me change, j'achète deux sandwichs et j'arrive tout de suite, je ne serai pas long. Veux-tu que je t'apporte quelque chose à boire ?

— …

En franchissant d'un pas rapide le seuil de la cafétéria, il aspira à pleins poumons l'arôme de café et de pain grillé qui imprégnait l'air. Un peu plus loin, un couple de quinquagénaires à la peau bronzée mangeait une pizza en se tenant par la main. Rentraient-ils d'un voyage à Cuba ou en République dominicaine ? Il sourit avec tristesse. Non, il ne se rendrait jamais aussi loin avec Françoise, tout juste sur le bord d'un petit lac au Québec, et encore. Il savait qu'il n'y avait pas d'île heureuse et que chaque couple devait entretenir ses ponts avec le continent. Mais il y en avait certainement qui étaient plus doués que d'autres. Là non plus, l'égalité des chances n'existait pas.

Dès qu'il eut mis une nouvelle chemise, il se sentit mieux, prêt à tout recommencer. Sans doute avait-il exagéré, et il était temps qu'il fasse amende honorable. Il chercha un sandwich au jambon et au fromage, le préféré de Françoise, et une cannette de Coke diète : elle en buvait à longueur de journée. Pour lui, il n'acheta que des croustilles et une bouteille d'eau. Il paya avec sa carte de crédit parce que l'essence avait avalé ce qui lui restait en espèces. Une fois dehors, bien protégé par l'imperméable qu'il avait sorti du fond de sa valise, il se précipita vers le côté ouest du stationnement, où il avait garé la voiture après le plein d'essence. Il pleuvait toujours à verse et il avait hâte de rentrer dans le véhicule. Il avait laissé la Mini juste en face du panneau indiquant la sortie vers Ottawa. Mais elle n'y était plus. Pas la moindre trace de la femme non plus. La voiture était à elle, on le sait, tout comme le loft industriel de la rue Clark où ils habitaient. Il revint sur ses pas pour se mettre à l'abri des rafales de vent et de pluie qui l'assiégeaient de toutes parts. Il s'assit à une table vide tout près de la fenêtre. Après avoir étalé sandwich et croustilles devant lui, il eut le réflexe d'extraire son cellulaire de la poche de l'imperméable afin de demander des explications à Françoise, mais il savait qu'il n'y aurait pas de réponse pour cet appel-là. Ne lui avait-il pas dit de ne pas répondre au téléphone quand ils étaient à table ? Alors, il but une gorgée d'eau tout en regardant vers l'ouest.

Le modèle

Il avait longtemps hésité avant d'accepter l'invitation. Prendre l'avion pour aller à Tucumán ? À San Miguel de Tucumán, en Argentine ? Cette ville à mille deux cents kilomètres de Buenos Aires où il faisait si chaud en été que la seule activité envisageable était de se rouler dans un hamac entre deux eucalyptus au fond du jardin ! *N'oublie pas, Francisco, il n'y a que les eucalyptus qui chassent les moustiques*, répétait sa mère après le repas du soir. De temps à autre, une brise venait des montagnes. Mais pas son père : lui, ne venait pas. Il se souvenait de la maison bordée de *lapachos*[1] en fleur où sa mère attendait la nuit accoudée à la fenêtre du salon, une tasse de café à la main. Gorgée après gorgée, une attente lente et sournoise s'accaparait du corps de cette femme privée d'homme. Quel âge avait-il alors ? Six, sept ans ? Peu importe, sa mémoire enregistrait tout, y compris l'image d'une mère progressivement désertée par la tendresse du père, dont il avait d'ailleurs du mal à comprendre les absences à l'époque. Nora, drapée dans la nuit de sa chair, attendait qui au juste ? L'homme qui avait été ou celui qu'il était devenu ? Celui qui l'avait aimée jusqu'à l'engrosser ou celui qui l'abandonnait au point de la rendre comme l'ombre d'elle-même ? Sans être tout à fait beau, le visage de cette femme qui attendait accoudée

1. Grand arbre touffu aux fleurs jaunes, blanches et roses, très commun dans le nord de l'Argentine (note de l'auteur).

à la fenêtre du salon avait une expression mélancolique qui le rendait intense. On aurait dit qu'un soleil fait de charbon et de braises veillait sur elle. Le noir de Nora s'étalait un peu partout chez elle, dans son café d'abord, qu'elle buvait sans sucre et sans lait à longueur de journée, puis dans ce soleil qu'elle ne pouvait traduire qu'à l'encre noire de sa mélancolie. Nora, mamá Nora, oui, votre fils a finalement décidé de participer au « Colloque international sur l'avenir de la famille des langues issues du latin » organisé par l'université de la ville où vous avez tout perdu, y compris cette raison qui, minée par l'attente, coula corps et biens.

Chargé de cours dans une université de la région d'Ottawa, il caressait toujours l'espoir de terminer un jour son doctorat en linguistique comparée et de pouvoir ainsi se présenter pour un poste de professeur. Ses travaux de recherche, à force de comparer, ne parvenaient plus à toucher terre et ils relevaient, comme beaucoup d'autres au demeurant, d'hypothèses que seule une étude méthodique, constante et disciplinée aurait réussi à mener à bon port. Plus le temps passait, plus il était convaincu qu'il resterait un chargé de cours sa vie durant. Étant donné l'ennui distillé par ces colloques où tout le monde parle et où personne n'écoute, ce ne serait certes pas là que sa recherche connaîtrait un nouvel élan. Puis que pouvait-il dire sur l'avenir des langues en général et du français en particulier dans un monde si hostile à la rigueur monacale des grammaires ayant le latin comme source commune ? Un monde qui tournait par ailleurs le dos à la sagesse des tortues, et dont les publicités ne retenaient que l'agilité des félins et le rugissement des lions américains. À ce titre, le fauve de la Metro Goldwyn Mayer qui paraissait au début de chacun des films de la compagnie pavait la voie au triomphe de la langue la plus rapide. Jamais, il n'avait vu une seule marque commerciale vanter les mérites de la tortue pour mettre en valeur ses produits. Grâce à sa souplesse et à sa capacité de synthèse, l'anglais donnait beaucoup plus d'informations par minute ; mais le français finissait par le rattraper, voire à le dépasser moyennant une extrême précision de ses concepts. Toutefois, la maîtrise du français exigeait un travail qui semblait plus facile en anglais. Que dire du temps exigé par la syntaxe, la grammaire et la conjugaison des verbes, alors qu'en anglais tout allait si vite ? Lui-même, à Ottawa, où il enseignait en français, n'avait-il pas été tenté parfois de s'exprimer en anglais devant des étudiants qui baragouinaient à peine la langue de Molière ?

Il décida, avant de se rendre à Tucumán, de rester quelques jours dans la capitale argentine. Buenos Aires, avec son architecture européenne, la parole alerte de ses habitants et son culte du café aux heures les plus froides de la matinée, l'aiderait sans doute à surmonter le décalage horaire. Très vite, de café en café, il se laissa imprégner par l'atmosphère intime des échanges où, de temps à autre, l'œil d'une femme seule croisait le vôtre avec l'éclat ambigu d'une pupille de maison close. Des regards fugitifs scintillant comme des courriels sur l'écran d'une nuit elle aussi en vadrouille. Il ne les ouvrait pas tous, mais il aimait jouer avec l'idée que la sortie du café pourrait se faire à deux. Certaines femmes à la beauté mûre avaient la particularité de vous toiser comme si vous alliez danser avec elles un dernier tango. *Le dernier tango à Buenos Aires.* Quelle grossière erreur de ne pas avoir fait venir ici Marlon Brando pour jouer de la vaseline, ou du beurre, il ne s'en souvenait plus très bien, sur le popotin de Maria Schneider ! L'atmosphère décadente de Buenos Aires se serait prêtée beaucoup mieux que celle de Paris aux gestes désespérément sodomiques de l'acteur américain. Puis le ciel haut et souvent bleu de la capitale argentine aurait probablement mieux mis en lumière les étranges épousailles entre la dépression de l'un et la sensualité de l'autre.

Ce fut à regret qu'il prit l'avion à destination de San Miguel de Tucumán. Sa chambre au dernier étage d'un hôtel de l'avenue 9 de Julio à Buenos Aires étant particulièrement lumineuse, il avait pris goût à siroter son café en profitant de la vue plongeante sur le flot de véhicules s'enroulant autour de l'Obelisco, dans cette artère dont les dimensions extravagantes révélaient une vision pharaonique de l'espace. Bien calé dans un fauteuil, les yeux entre ciel et terre, il trouvait que son café avait la saveur industrielle de ces ateliers d'artistes new-yorkais qu'il admirait dans les magazines de décoration américains.

Des piquets de grévistes d'Aerolíneas Argentinas occupant la piste d'atterrissage, l'avion avait dû faire des ronds autour de la ville en attendant la fin de la manifestation. Son impression d'être dans un pays où tout pouvait arriver ne le quittait plus. Il songea à son père, qui, à l'âge de la retraite, s'était retrouvé dans l'incapacité de retirer son argent de la banque parce que les autorités locales avaient bloqué tous les comptes en dollars américains au nom des « intérêts supérieurs de la nation ». De santé fragile, il n'avait pas réussi à surmonter cette spoliation d'État. Artiste peintre installé à flanc de colline près de la ville de Córdoba, il avait tout laissé à sa dernière femme, qui s'était empressée de mettre la maison sur le marché pour organiser ensuite une vente aux enchères de la collection de toiles du défunt. De l'avis des connaisseurs, ces opérations commerciales avaient dû lui rapporter de quoi se payer un appartement avec vue sur l'océan Pacifique à Panama City, où elle était allée cuver son veuvage.

L'avion continuait de jouer à la toupie volante tandis que la voix du capitaine informait les passagers abasourdis que, si la situation ne se réglait pas d'ici une vingtaine de minutes, il serait obligé d'atterrir à Salta, une ville coloniale éloignée de Tucumán. Sa voisine de siège, une dame âgée au bord de la crise de nerfs, tint à lui faire savoir qu'elle n'avait jamais mis les pieds à Salta et que l'idée de le faire par obligation lui donnait la nausée. Alors, il lui tendit le petit sac en papier fourni par la compagnie d'aviation en cas de nausée. Puis, comme pour l'encourager, il murmura: *Quien no ha visto Salta, no ha visto nada.*

La voix du capitaine résonna une nouvelle fois dans les hauts parleurs de la cabine pour annoncer aux passagers, sur un ton moins grave, que la police avait finalement libéré la piste et que l'appareil allait bientôt pouvoir se poser.

Une fois dans sa chambre d'hôtel et devant la laideur du centre-ville, il regretta de ne pas s'être retrouvé à Salta, où il aurait pu s'installer tout de suite dans un café sous les arcades coloniales qui donnaient à la ville un charme d'autrefois. Avec son MacBook Air dont il ne se séparait jamais, il aurait commencé par croquer le portrait de la vieille dame tremblant comme une feuille à la seule idée qu'un changement d'itinéraire viendrait chambouler ses plans. Il se serait ensuite débrouillé pour placer ce proverbe argentin, *Quien no ha visto Salta, no ha visto nada*, de façon à mettre en relief le côté un peu sarcastique de son personnage principal, dont il essayait tant bien que mal de ranimer le mécanisme, comme une de ces vieilles montres manuelles qui s'arrêtent si on oublie de les remonter. Oui, à Salta il aurait pu laisser tomber son masque.

Lors de la soirée de clôture du colloque, il fila à l'anglaise, soucieux d'échapper autant aux frais d'inscription au banquet qu'à l'ennui de reparler des sujets ressassés pendant toute une semaine. Du coup, sa soirée commença de bonne heure au bar de l'hôtel, juste en face de la Plaza Independencia. Malgré l'hiver, la place s'animait grâce à une température de dix-huit degrés que, même en été, beaucoup de villes canadiennes ne connaissaient pas. Des cireurs de chaussures avec une lampe de mineur sur le front s'échinaient aux pieds de leurs clients. Des couples d'amoureux se bécotaient sur les bancs publics. La crise du logement obligeait sans doute les jeunes à exhiber leurs ardeurs aux passants. Seul un whisky ferait en sorte que ce colloque n'eût jamais existé. *On the rocks, por favor*, histoire de le faire tenir en bouche sans anesthésier la langue espagnole que le colloque venait de classer première au sein de la famille néolatine. Encore une rencontre avec des chercheurs et des professeurs des quatre coins de la planète qui n'avait fait qu'enfoncer des portes ouvertes, se dit-il en dégustant sa première gorgée.

Il vit son reflet dans la grande glace lambrissée qui tapissait le mur. Des étagères en verre donnaient aux bouteilles de whisky des ailes de papillons ambrés. Soudainement, comme sortie d'un chapeau de magicien, une dame à la poitrine encore prête à s'aménager une place au soleil fit son apparition. Il pensait qu'elle poursuivrait son chemin, mais elle s'arrêta net, juste à ses côtés. Son cœur fit un bond. Il n'avait pas l'habitude d'être abordé de la sorte. Avait-il affaire à une femme couguar en train d'écumer les zincs de la ville ? Se faire draguer par une rombière à la fin d'un colloque, pourquoi pas, après tout : une manière comme une autre de montrer que l'apprentissage d'une langue étrangère peut avoir des débouchés. La différence d'âge, loin de le rebuter, l'excitait plutôt. Mais à bien y penser, il préférait prendre l'initiative, ce qui lui permettrait de battre en retraite plus facilement si l'entreprise déraillait. En se retournant, il observa le visage de la femme, qui était beau en dépit de son âge. Fin de la cinquantaine? Début soixantaine? Une mèche de cheveux noirs sur un front altier, des yeux qui ressemblaient à ceux d'un portrait du Fayoum. Seule une femme ayant trop aimé pouvait garder encore cette manière de vous fixer comme si elle vivait son dernier quart d'heure. Dès le départ, il sentit qu'elle occupait l'espace avec une lente intensité de reine africaine. Elle était dans sa grâce à elle, mûre et bien conservée, comme sa poitrine qu'une échancrure en épi rendait d'autant plus profonde.

— Je vous ai écouté parler d'agonistique des langues, je n'ai pas compris un traître mot de ce que vous racontiez, mais j'ai aimé que vous ne lisiez votre communication comme l'ont fait les autres. On ne peut parler qu'en se regardant droit dans les yeux, dit-elle d'une voix dont la gravité l'emportait sur son désir de plaire.

— Un whisky, commanda-t-elle ensuite en guise de transition.

— *Sí, señora Fabiana*, fit le barman, s'exécutant aussitôt.

Il prit une deuxième gorgée en essayant de comprendre le ton obséquieux adopté par l'homme derrière le comptoir, puis il se demanda s'il fallait la remercier pour des propos somme toute peu élogieux à son égard. Intimidé par autant de désinvolture dans la démarche et par l'élégance un peu outrée de son décolleté, il demeura coi, tout en soupçonnant qu'elle n'en était pas à son premier whisky. Tandis que la glace les rapprochait, il s'aperçut qu'il avait oublié de retirer le badge l'identifiant comme participant au colloque.

— Vous l'avez entendu, je m'appelle Fabiana, vous pouvez laisser tomber le *señora.* Et vous, quel est votre nom ? demanda-t-elle.

— *Agon, my name is Agon,* dit-il sur un ton burlesque en cachant son badge.

— *Agón,* en espagnol, je suppose, répliqua-t-elle en souriant.

— Oui, je fais partie de la famille agonistique, celle qui lutte et qui joue en même temps, reprit-il. Je suis d'une origine aussi obscure que les propos que j'ai tenus dans le cadre du colloque qui, le Seigneur en soit loué, vient de se terminer.

— Je vois que je vous ai froissé en avouant que je n'avais rien compris de votre communication. Selon vous, j'aurais dû garder mon commentaire pour moi, n'est-ce pas ?

— Les gens trouvent mes présentations trop compliquées, voilà pourquoi j'assiste de moins en moins aux colloques. Ils veulent quelque chose de *light*, voyez-vous, mais comment voulez-vous que je sois *light* avec le nom que je porte ?

— Moi, c'est normal que je ne comprenne rien à ce que vous racontez, je ne suis pas une spécialiste en la matière, mais si vos collègues ne vous comprennent pas, alors vous auriez intérêt à changer de métier, dit-elle en prenant le verre que le barman venait de lui servir.

Passablement ébranlé par les propos provocateurs de son interlocutrice, il n'arrivait pas à trouver le registre qui lui aurait permis de parler avec elle sans ce sentiment désagréable qu'on se payait sa tête. Il préféra donc la faire parler d'elle-même, dans l'espoir qu'elle l'oublierait un peu et qu'il apprendrait quelque chose le temps d'un whisky *on the rocks.*

— Et quel est votre métier, si ce n'est pas trop indiscret, demanda-t-il d'une voix qui se voulait neutre.

Il y eut un long silence, puis elle prit une première gorgée, marquant de rouge à lèvres le bord de son verre.

— Je suis la propriétaire de cet hôtel, dit-elle.

Sans être luxueux, l'établissement affichait l'architecture art déco des édifices ayant échappé au déclin du centre-ville. Les chambres étaient confortables, et la sienne en particulier avait vue sur les montagnes qui barraient l'horizon à l'est de la ville.

— Ravi de vous connaître, madame.

— Fabiana, vous pouvez m'appeler Fabiana comme tout le monde.

Sa voix s'était tout à coup détendue, comme si le miroir, ou le whisky peut-être, venait de libérer en elle ce qui l'avait poussée à s'arrêter là où il tâchait en vain d'oublier ce colloque qui l'avait tourmenté pendant une grosse semaine.

— Je m'appelle Francisco, comme le nouveau pape, mais je n'ai rien d'un saint, autant vous prévenir tout de suite.

— Je préfère Agón, avec un accent sur la dernière syllabe, je trouve que ça vous va bien.

Il n'avait pas encore atteint la quarantaine, mais il aimait les femmes mûres, d'autant plus que, tout comme son hôtel, elle avait de beaux restes. Mais il savait aussi que son audace n'irait pas plus loin. Nul besoin pour lui de passer à l'acte. Cette atmosphère intime sans contact physique suffisait à ses attentes.

— J'aime votre hôtel et j'espère que vous le garderez longtemps, murmura-t-il en s'efforçant de reprendre l'initiative.

— Je n'ai pas d'enfants, je ne couche qu'avec des étrangers de passage, et dès que ce foutu pays sortira de la crise qui l'asphyxie, je mettrai l'hôtel en vente. Je commence à avoir vraiment envie de terminer mes jours dans un pays stable, où vous n'avez pas à cacher votre argent sous le matelas de peur qu'on ne vous le prenne à la banque.

Elle parlait d'une voix détachée, sans trop s'appesantir sur les mots.

— Pourquoi avoir nommé votre hôtel *La paleta del pintor*?

Il avait posé la question pour ne pas s'enliser dans les lieux communs qui collaient à l'Argentine dès qu'il était question d'économie. À quoi bon gâcher ce début de soirée en si bonne compagnie?

— En souvenir d'un homme qui, le premier, m'apprit que la vie est trop courte pour ne pas faire l'amour tous les jours.

Elle avait dit ça tout à trac en le fixant dans la glace. Encore une fois, il aurait préféré qu'elle fût moins excessive dans ses propos, mais l'idée qu'il manquait d'envergure face à ce type de comportement féminin le fit réagir.

— Un artiste peintre, j'imagine? demanda-t-il.

— Oui, il venait de Buenos Aires et il préparait sa première exposition publique à Tucumán. Il avait passé une annonce dans *La Gaceta*, le journal local: *Artiste peintre sans le sou cherche modèle acceptant un portrait signé de sa main comme paiement.*

«J'ai été la seule à me présenter. Il travaillait dans un tout petit atelier prêté par la mairie, dans une école désaffectée au milieu du parc 9 de Julio. Il m'a offert du thé à la menthe, qu'il a servi à la marocaine. Il avait le regard fébrile des hommes obsédés par un projet. J'ai tout de suite aimé ses toiles. Les couleurs y étaient pour beaucoup. Les bleus notamment, orageux et profonds, tout un peuple de bleus en marche à l'assaut des montagnes. *Et pourquoi un modèle,* lui ai-je demandé, *alors que vous ne peignez que des paysages ?* Il me répondit : *parce que sans une femme les couleurs même les plus fortes finissent pas s'estomper.*

« Alors, il m'a demandé si j'étais prête à poser pour lui. Tout de suite, j'ai compris que son regard ne s'appesantirait sur moi que pour mieux revenir à sa toile, et j'ai accepté. Il était marié et habitait dans une petite maison sur l'avenue Mate de Luna, pas trop loin d'ici. Il avait un fils qui devait avoir sept ans à l'époque. Sa femme venait de Rosario de la Frontera, d'une famille d'immigrants italiens, et elle ne comprenait rien à la peinture. Tout en faisant semblant de tracer mon portrait, il me parlait comme s'il avait besoin de vider tout autant ses tubes de peinture que sa mémoire. Je voyais que sa femme avait cessé de l'intéresser, de même que la maison où il habitait et dont il cherchait à sortir. »

Au fur et à mesure qu'elle dévidait l'écheveau de son récit, l'image de sa mère accoudée à la fenêtre du salon qui donnait sur les *lapachos* en fleur de l'avenue Mate de Luna revenait avec la force d'un boomerang. Oui, il la revoyait, sa mère, à présent, dans cette attente que rien ne comblait, excepté l'attente elle-même, faite de déceptions et de trahisons nouées les unes aux autres. Mais comment expliquer à la femme qui buvait un whisky en lui parlant d'un ton détaché que cette histoire était la sienne ?

— Et son fils ? demanda-t-il d'une voix étranglée par l'émotion.

— Quel fils ?

— Le fils de l'artiste peintre, bredouilla-t-il.

— On voyait bien qu'il avait cessé de l'intéresser lui aussi. Des artistes, j'en ai vu défiler dans cet hôtel, vous savez, ils se ressemblent tous et, en général, ils ne font pas de bons parents.

Il avait posé la question pour elle, en souvenir de sa mère, rien que pour elle ; mais la réponse de la femme ne laissait rien debout, et, à l'écouter, c'était comme s'ils n'avaient jamais existé, ni sa mère ni lui-même.

Alors, il se leva sans terminer son whisky, incapable de prononcer le moindre mot, pressé surtout de quitter cette toile qui n'était plus la sienne.

Héritage

J'ai longtemps cherché la maison avant de comprendre qu'elle ne figurait pas sur le plan griffonné par la main tremblante d'un homme sur le seuil de la mort. Père avait dû oublier de l'indiquer, à trop vouloir se concentrer sur la route qui bordait le lac avant de se perdre à l'entrée de la pourvoirie. Il a donc fallu que je laisse tomber le morceau de papier chiffonné que j'avais gardé dans ma poche pendant tout le voyage, depuis mon départ de Buenos Aires. Trop malade pour tenir le stylo au-delà de quelques minutes, il n'avait pu qu'esquisser le chemin menant jusqu'au lac entouré de collines en Outaouais.

— Vas-y, trouve-le, fais-lui savoir que j'ai pensé à lui jusqu'à la fin, avait-il marmonné d'une voix sans souffle, morte avant même qu'il n'expire à son tour.

Je me suis limité à hocher silencieusement la tête de haut en bas, tout en me demandant où trouver l'argent pour le billet d'avion qui me permettrait de me rendre là-bas. Vu depuis l'Argentine, le Québec me semblait aussi lointain que la Chine.

Une vieille tante aussi riche qu'avare m'avait finalement prêté de l'argent, tout en prenant en gage une toile non encadrée d'Antonio Berni[1] découverte inopinément parmi les affaires du défunt. Sans ça, je n'aurais jamais

1. Peintre argentin du XXe siècle qui a acquis une grande notoriété de son vivant (note de l'auteur).

pu atteindre ce village reculé de l'Ouest québécois, où les maisons au bord du lac se comptaient sur les doigts d'une main. Un village dont le nom même rappelait le dernier râle d'un condamné : Sainte-Expiration-sur-Baume. Fallait-il donc que je fasse du porte-à-porte pour retrouver cet homme qui pendant des années n'avait donné aucun signe de vie ? J'étais pourtant son neveu, malotru certes, né sous une mauvaise étoile. Père n'avait jamais brillé par son amour à mon égard, mais il avait été là pour moi, par intermittence du moins, au fil de ses rencontres avec des femmes dont je ne retenais que le murmure à huis clos. Il courait les jupons comme d'autres, mieux avisés sans doute, s'appliquaient à ne presser que les mamelles de la fortune. L'appartement de père — hauts plafonds lambrissés à l'ancienne, lustres dorés et balcon sur le cimetière de La Recoleta — n'avait jamais connu de « maman » à qui on aurait pu le confier. La mienne avait disparu alors que je n'avais pas encore de mémoire ; je n'en conservais pour ainsi dire qu'un souvenir de principe. Désertion du foyer conjugal ? Enlèvement ? Traite des Blanches ? Changement d'identité ou volonté incompréhensible d'un autoeffacement, comme si elle n'avait jamais été là ? Nous ne l'avons jamais su, père jurant qu'il n'était pour rien dans la disparition de sa femme.

— Elle a tout quitté alors qu'elle ne manquait de rien, m'avait-il confié à une occasion.

— Et l'amour dans tout ça, père, que fais-tu de l'amour ?

Ma question, bien entendu, je la gardais pour moi. Le connaissant, je sais qu'il n'aurait jamais consenti à s'interroger là-dessus. Il n'était d'ailleurs pas de nature introspective, le passé ne l'intéressant que dans la mesure où il pouvait lui rapporter quelque chose. Voilà pourquoi la crise économique qui ruina le pays le fit tout à coup regarder en arrière. Son agence de courtier immobilier ayant fait faillite, il chercha en vain un appui du côté de ceux qui lui devaient encore de l'argent, mais ils étaient tous aussi fauchés que lui. La chute tout d'abord sociale puis carrément physique de mon père m'aura donc eu comme seul et unique témoin. Au pire de l'orage qui s'abattait sur nous, aucune voix féminine n'est venue nous consoler. C'était aussi gai qu'un tango. Le bel appartement de La Recoleta, comme tout le reste, avait dû être vendu à rabais pour éponger des dettes. Puis ce déménagement en banlieue, à Pilar, dans une maison délabrée, humide, mal éclairée et pas du tout chauffée, *on top of that.* Père n'arrêtait pas de boire du whisky brésilien, qu'il achetait chez des passeurs uruguayens pour une poignée de dollars. J'y avais goûté une fois : c'était comme si une boîte d'allumettes venait de s'enflammer dans mon gosier. Lorsque les sous se firent encore plus rares, il se mit au vin rouge de table vendu en Tetra Brick au dépanneur du coin, ce genre de vin que même les plus démunis ne buvaient qu'en se bouchant le nez. Il en était rendu là, mon père, si beau quand il était jeune et si peu attrayant au fur et à mesure que la misère s'installait. Dire qu'il avait connu une période où ses profits sur le marché immobilier de la capitale lui avaient permis de changer de voiture tous les ans et de nous emmener passer les vacances à Punta del Este. Mais dès que le déclin s'installa pour de bon, il fit tout pour hâter son passage de vie à trépas.

Le jour où la bonne bolivienne nous quitta, je compris que c'en était fait du sort du vieil homme. C'était elle qui attisait encore son désir, notamment les après-midi d'été où l'heure de la sieste était un bon prétexte pour renaître de ses cendres. Et des cendres, il en laissait beaucoup derrière lui, car, outre la boisson, papa fumait comme un sapeur-pompier. Toujours est-il que Liliana, la bonne en question, déguerpit un beau jour avec les maigres économies de son employeur. Servante et maîtresse parties en même temps, c'en était trop pour un seul homme. Ce départ pour le moins inattendu avait dû réveiller de bien mauvais souvenirs chez lui. *La pute,* se plaignit-il. « La pute », voyons donc ! Je ne pouvais la blâmer, au prix qu'elle était payée. Alors, il se mit à dépérir à vue d'œil. En vain, je m'étais efforcé de trouver une autre bonne pour mon père. Le bruit s'étant répandu que Liliana était partie avec le magot du vieux, plus personne ne voulait venir travailler chez nous. Ce fut le coup de grâce. Mais, à vrai dire, la trahison la plus dure à encaisser après la disparition de maman, celle qui l'avait peut-être le plus affecté, c'était son propre frère qui la lui avait infligée. Son seul et unique petit frère qu'il aimait sans rime ni raison l'avait plumé froidement et avec préméditation. Il était venu du Canada, du nord de l'Ontario très précisément, avec un projet pour l'Alberta, après avoir divorcé au Québec. Pas mal alambiqué, tout ça, pour un voyageur qui se déplaçait avec un sac à dos comme seul et unique bagage. Père aurait dû s'en méfier, mais il était riche à l'époque. Ce frère qui avait émigré au Canada depuis quelques années était un motif d'admiration pour lui, qui était toujours resté en Argentine. Comme la plupart de ses compatriotes, il avait conservé, voire cultivé, la nostalgie de l'exil. C'était un goût qui se transmettait de génération en génération là-bas, parce qu'à l'origine, selon père, tout Argentin qui se respectait descendait d'un bateau. Le passage de l'oncle Carlos à Buenos Aires avait donc marqué mes quatorze ans, au point que cette année-là nous n'avions parlé que des grands espaces que le Canada réservait à ses immigrants ainsi que des possibilités de progrès dans une société juste, sans commune mesure avec la violence et la corruption sévissant en Argentine. Son frère disait avoir repéré des terrains à Fort McMurray, dans le nord de l'Alberta, pour huit cent mille dollars, qui vaudraient quatre fois plus dès que des baraquements pour les ouvriers des sables bitumineux y seraient installés. Ce scénario de base qui aurait dû être validé par une analyse sommaire fut totalement gobé par père, qui se fit un devoir de prêter cette somme faramineuse à son frère. Huit cent mille dollars! Une fois le transfert au Canada effectué, les nouvelles de l'oncle Carlos fondirent comme neige au soleil. Au bout de plusieurs mois, père finit par se rendre en Alberta pour réaliser que les terrains n'avaient jamais été achetés et que personne ne connaissait Carlos à Fort McMurray. Après de multiples péripéties et chassés-croisés, une rencontre eut finalement lieu entre les deux frères à Calgary, où l'emprunteur jura qu'il rembourserait sa dette jusqu'au dernier sou et dans les meilleurs délais. Se décidant en dernier recours à faire enquête sur son frère, père apprit que ce dernier était en faillite et que de nombreux créanciers lui couraient après. Rentré bredouille à Buenos Aires, il eut du mal à reprendre ses activités immobilières avec l'élan qui l'avait caractérisé par le passé. À croire que l'escroquerie dont il avait été victime lui ouvrait tout à coup les yeux sur le monde dans lequel il vivait. Pourtant, Buenos Aires ne manquait certes pas d'escrocs capables de vendre père et mère pour une poignée de dollars, mais l'arnaque orchestrée sciemment par son petit frère avait sonné le glas de sa confiance envers le genre humain. Pour comble de malheur, cette supercherie financière fut suivie deux ans plus tard par une mégadévaluation du peso, la monnaie locale, qui ruina en un tour de main beaucoup d'Argentins pris au dépourvu.

Profondément ébranlé, le marché immobilier local mettrait des années à s'en remettre. Endettés en dollars américains mais payés en pesos, les propriétaires n'avaient plus les moyens d'honorer leurs hypothèques. Père se résigna à brader son appartement du très chic quartier de La Recoleta pour nous installer à Pilar. Notre exil en banlieue mit un point final à la carrière du courtier immobilier, écœuré par le marché et par les nouvelles règles de jeu financier dont il ne comprenait plus la logique. Alors, il sombra corps et biens. Ce désir soudain de toucher le fond venait sans doute d'une conscience tourmentée qu'il s'était toujours fait un devoir de maquiller en société. La trahison de l'oncle Carlos n'avait probablement été qu'un déclic, mais elle révélait ce côté vulnérable dont l'excès de tabac, de sexe et d'alcool n'était que les symptômes. Très jeune à l'époque, je suivais sa déchéance physique et morale sans pouvoir rien faire pour l'aider, jusqu'au jour où, à bout de souffle, il me révéla que tout ce qu'il pourrait me laisser en héritage était la dette de son frère. D'où mon obstination à faire du porte-à-porte dans ce coin éloigné de l'Outaouais où je ne trouvais âme qui vive, comme si tous s'étaient mis d'accord pour me fausser compagnie le jour même de mon arrivée au bord de ce lac que le dégel gonflait à vue d'œil. L'absence d'animation dans les chaumières m'obligeait à frapper fort, comme pour réveiller les morts. Encore une maison vide et je plierais bagage, quitte à revenir le lendemain avec davantage de renseignements sur les riverains, qu'il me faudrait cueillir au bureau de poste du village de l'autre côté de la rivière du Lièvre.

Au bout du chemin, un vieux bungalow en piteux état et entouré de barbelés se hissait comme un dernier rempart contre l'absurdité de ma quête. « Chien méchant ». La pancarte était si jaunie que la bête devait être morte depuis belle lurette, me disais-je pour m'encourager à cogner à la porte. Au bout de quelques minutes, un homme maigre et barbu au regard farouche sortit de la maison par une porte latérale. Il traînait sa jambe droite comme si elle était en bois. Il avait l'air d'un flibustier des mers du Sud venu s'échouer dans un lac de montagne québécois.

— Que puis-je pour vous ?

Sa voix était rauque et plutôt froide, mais je sentis tout de suite que cet homme transformé en ermite n'avait pas abandonné complètement le commerce avec ses semblables.

— Je cherche quelqu'un à qui je dois réclamer une dette. Selon mon père, c'est au bord de ce lac que je le trouverai.

J'aurais pu tourner la phrase autrement, mais, fatigué, j'avais hâte de me débarrasser de la peur de m'être trompé de chemin.

L'homme me regarda longtemps, consciemment, comme s'il cherchait à voir derrière mes mots. J'avais déjà rencontré ce type de regard chez des hommes ayant beaucoup bourlingué.

— Son nom ? demanda-t-il de sa voix caverneuse.

— Carlos Maldonado, d'origine argentine, la cinquantaine bien entamée. C'est mon oncle.

L'inconnu sortit un paquet de cigarettes de la poche de sa chemise en laine à carreaux, bien trop chaude pour la saison. Sans se donner la peine de m'en offrir une, il porta le paquet à ses lèvres et y planta une clope, qu'il alluma aussitôt.

— J'ignorais qu'il était argentinien.

— *Argentin*, m'empressai-je de corriger.

— C'est ça, je pensais qu'il était espagnol.

— Le connaissez-vous ?

— Un peu, oui. Une dette, dites-vous ?

Gardant la fumée dans sa bouche, l'homme scrutait l'expression de mon visage avec une volonté manifeste de prendre son temps pour me répondre.

— Il y a plusieurs années, mon père a prêté de l'argent à son frère pour une affaire en Alberta qui n'a jamais eu lieu. Avant sa mort, il m'a demandé de venir réclamer son dû.

— D'où venez-vous ?

— De Buenos Aires.

À ma grande surprise, l'homme fit un sifflement aigu qui rappelait celui d'un merle à l'aube.

— La dette doit être importante pour que vous veniez de si loin, fit-il avec un regain d'intérêt dans ses yeux d'un bleu sombre.

— Comme vous dites. Pouvez-vous m'indiquer où est sa maison ?

— L'homme que vous cherchez a roulé sa bosse un peu partout, vous savez. Il m'est arrivé plus d'une fois de le rencontrer à la chasse. Il ne m'a pas fallu longtemps pour comprendre que, pour lui, le voyage et la fuite ne faisaient qu'un. Ça va faire deux ans qu'il est dans la région, mais je ne crois pas qu'il va y faire de vieux os. Il habite dans la pourvoirie, dit-il en montrant de sa main droite la route qui serpentait entre les arbres.

Je me tus pendant quelques secondes en espérant que mon interlocuteur me fournisse davantage de renseignements. Devant son silence, je repris la parole :

— À part ce qu'il doit à mon père, je ne sais pas grand-chose de lui ; je vous serais reconnaissant de bien vouloir m'aider.

— Qui me dit que vous avez raison de faire ce que vous faites ?

— Mon père est déjà décédé et je me dois de respecter la volonté du défunt. C'est cette dette-là qu'il me laisse en héritage après tout, et rien d'autre.

— Je crois que ça va être difficile, trancha-t-il après avoir tiré avec application sur sa cigarette.

Il garda encore la fumée dans sa bouche pendant un bon moment. Peut-être cherchait-il à me mettre à l'épreuve, tout en s'accordant le temps nécessaire pour élaborer sa réponse.

— Qu'est-ce qui va être difficile ? demandai-je à brûle-pourpoint, quelque peu exaspéré par sa lenteur.

— De toucher votre héritage.

— Pourquoi dites-vous ça ?

— Je crois que si j'étais à votre place, je rebrousserais chemin. Vous êtes jeune et vous n'avez pas besoin d'entrer dans la pourvoirie.

— Pourquoi ?

— Il ne fait pas bon y vivre en ce moment.

— Mais j'ai fait un très long voyage pour venir toucher mon héritage.

— Une dette ne peut pas être un héritage.

— C'est mon père qui en a décidé ainsi. Je me dois de faire respecter la volonté du défunt.

Je commençais à en avoir assez du barbu, qui semblait prendre plaisir à livrer l'information au compte-gouttes.

— Il n'est pas dans mes projets de rester longtemps dans la région. Je suis à l'auberge du village, de l'autre côté de la rivière du Lièvre, et je veux rencontrer mon oncle aussitôt que possible.

Devant mon insistance, l'homme fit quelques pas pour aller s'appuyer contre le tronc d'un érable dont l'écorce noueuse se détachait par endroits.

— Votre oncle, comme vous l'appelez, a dû se défendre il y a deux semaines contre un type qui lui réclamait d'honorer une dette, je crois. La pourvoirie est en faillite depuis un an au moins, et des créanciers qui lui courent après, il n'en manque pas. À quoi bon ajouter votre nom à une longue liste de gens floués?

L'homme regardait en direction du chemin menant vers la pourvoirie. Sa voix rocailleuse se faisait de plus en plus lente. À ma grande surprise, il reprit la parole:

— Le type est passé lui aussi me demander des renseignements. Il avait à peu près votre âge, maintenant que j'y pense.

J'étais interloqué. L'homme ne paraissait pas mentir et encore moins se moquer de moi.

— Qui était-il, ce voyageur? demandai-je en sentant mon cœur battre à tout rompre.

— Il m'a dit qu'il venait du Sud et qu'il ne partirait pas sans avoir récupéré son dû. C'est ce que j'ai cru comprendre, son anglais n'était pas très clair.

— Que s'est-il passé ensuite?

— Rien. Il a franchi la barrière interdisant l'accès à la propriété. Entre Carlos qui est du genre à vous décocher une taloche pour un oui ou pour un non et ses chiens habitués à la chasse, disons que le créancier n'a pas reçu l'accueil qu'il était peut-être en droit d'attendre.

— Puis-je connaître la fin de l'histoire?

— Le pauvre gars en est sorti pas mal amoché, à ce qu'on m'a dit. Je m'étais limité à lui montrer où Carlos Maldonado habitait, parce que ma maison est la dernière sur la route conduisant à la pourvoirie. Je pense que s'il m'avait parlé en français, comme vous le faites en ce moment, je lui aurais déconseillé d'y mettre les pieds. Un homme qui fuit, il ne faut pas se mettre sur son chemin, vous savez.

La nuit fut longue dans ma chambre d'auberge au bord de la rivière du Lièvre. Avant d'aller me coucher, la tenancière du bistrot où j'avais mangé des frites arrosées d'une bière m'avait fait les yeux doux. Collé à l'auberge, le local se métamorphosait en café le matin, soucieux d'attirer le chaland à longueur de journée. Vaquant à ses affaires du matin au soir, la patronne devait quand même trouver les journées longues. Dans la mi-quarantaine, guère davantage, elle était bien roulée, mais un bouton d'herpès sur la lèvre supérieure me fit repousser gentiment ses avances. À quoi bon la vexer? D'autant plus que, sans le bouton qui brûlait sa bouche, j'aurais sans doute accepté de partager des démangeaisons moins contagieuses. Rien n'égale une femme mûre pour chasser la mélancolie qui pousse pendant la nuit comme une mauvaise herbe. Peut-être bien que l'herpès serait parti avant que je ne mette le grappin sur le frère de mon père. Peut-être aussi que, si je me montrais coopératif, elle m'inviterait à sa table et qu'il me serait possible de ne pas épuiser toute ma bourse pendant mon séjour sur place. Tout à mes calculs, je montai dans ma chambre un tantinet encouragé par le regard de la patronne, qui, jouant franc-jeu, murmura d'une voix résignée :

— Je vois que vous êtes fatigué ce soir.

Le lendemain, fatigué pour de bon après une nuit blanche, je revis la patronne à l'heure du petit-déjeuner. Souriante et gaie comme un pinson, elle m'indiqua la table qui avait la meilleure vue sur l'eau. Avait-elle trouvé chaussure à son pied? Rétrospectivement, je m'en voulais un peu de ne pas avoir été plus conciliant envers son herpès, qui, lui aussi, semblait se porter à merveille. En effet, le bouton était encore plus rouge que la veille. Un regard distrait aurait pu faire croire qu'un coquelicot venait d'éclore sur sa lèvre supérieure. À force de le voir comme ça, je crois que j'aurais fini par l'adopter, son herpès. Les yeux rivés à la rivière, incapable de déterminer par où commencer ma journée, je vis la patronne et son herpès s'approcher de ma table.

— Est-ce que tout va bien? demanda-t-elle d'une voix ferme et chaleureuse à la fois.

— Rien ne va vraiment bien, mais pourquoi vous le dirais-je?

Il était près de onze heures et j'étais le dernier client à réchauffer encore sa tasse de café.

— Des étrangers comme vous, on n'en voit pas beaucoup par ici. Où avez-vous appris le français?

— En Argentine.

— On dit que, quand on parle espagnol, apprendre le français n'est pas trop difficile.

— Il n'y a pas de langues faciles ou difficiles: il y a des langues qu'on aime ou qu'on n'aime pas, voilà tout.

— Mon mari était Allemand, et je n'ai jamais appris l'allemand parce que je ne l'aimais pas.

— Qui, votre mari ou l'allemand?

— Les deux, je crois, fit-elle en souriant.

Je me rendis à la mairie du village en quittant le bistrot. On m'y informa que la pourvoirie du Chevreuil blanc relevait de la municipalité de Bowman. Je pris donc un taxi qui me coûta la peau des fesses, pour que l'on me confirme ce que l'homme à la chemise de laine à carreaux m'avait révélé: la pourvoirie était bel et bien en faillite. La belle affaire! J'appris du même coup qu'elle possédait plusieurs lacs où l'on pouvait pêcher des truites mouchetées et arc-en-ciel. Des truites « arc-en-ciel » ? Jamais vu ça. Je voulus connaître la valeur d'un de ces lacs et savoir s'ils se vendaient à la pièce, histoire de récupérer ne serait-ce qu'une partie de mon héritage. L'employé municipal me conseilla de m'adresser à un courtier immobilier spécialisé en la matière. Il avait une drôle de voix, au point de me donner l'impression qu'il avait bu. Gros et barbu, il parlait en mangeant la moitié de ses mots. Et c'était moi qui devait compléter ses phrases. Il appartenait à cette espèce de fonctionnaires qui s'exprime avec des trous. La municipalité était située dans un coin perdu, et les gens devaient y crever d'ennui. Aussi avaient-ils peut-être perdu le sens de la communication. Rentré à l'auberge, je passai un coup de fil à la pourvoirie, mais personne ne répondit. L'idée d'y mettre les pieds sans m'être annoncé m'embêtait souverainement. Le soir, je retournai chez la patronne.

— Vous avez une tête d'enterrement. Peut-on savoir pourquoi ?

Accoudé à son comptoir, un verre de rouge à la main, je vidai mon sac.

— Je suis venu voir un oncle qui devait de l'argent à mon père, mais je ne fais que tourner en rond comme une toupie.

— Peut-on savoir qui c'est ?

— Carlos Maldonado, le propriétaire de la pourvoirie de l'autre côté de la rivière. Personne ne répond quand je téléphone chez lui. Il faut absolument que je lui parle.

Elle garda le silence pendant un long moment avant de reprendre la parole.

— Je peux vous emmener là-bas si vous y tenez, mais je vous préviens, ça risque de vous décevoir, et pas qu'un petit peu.

— Vous le connaissez ?

— On se connaît tous par ici, et la pourvoirie était un point incontournable dans la région. J'y envoyais des clients.

— Que fait-il là-bas au juste ?

— Vous cherchez un homme qui n'est pas là.

Elle avait un décolleté digne d'un film des années cinquante, la patronne, qui mettait bien en relief sa poitrine. Si seulement j'avais pu y plonger mon nez, histoire d'y goûter le sel de la vie, et d'oublier tout le reste. Mais il y avait l'argent qui me barrait la route. L'herpès, tout compte fait, n'était qu'un prétexte pour me tenir à l'écart de ce qui aurait pu me faire dérailler. Pourtant, j'avais besoin d'une purge.

— Je ne comprends pas ce que vous voulez dire.

— Carlos vit entre deux fuites, il n'est jamais là où vous le cherchez. J'en ai fait l'expérience, croyez-moi. Il y a des hommes comme ça. Pour exister, ils ont besoin de tout brûler sur leur passage. La pourvoirie n'est qu'une cachette pour lui. Le soir où il m'a invitée chez lui, je n'ai pas vu de meubles dans la maison. Dans sa chambre, il n'y avait qu'un matelas par terre. Il a tout fait pour que je comprenne que la nuit que nous y passerions ensemble ne compterait pas plus qu'un repas d'auberge. Et autant vous le dire tout de suite, puisque c'est ça qui vous intéresse, il a tout flambé, plus un sou en poche. Après avoir couché avec moi, il m'a demandé de lui prêter de l'argent, vous rendez-vous compte ?

Elle se tut et je la vis enfin sous le néon du bistrot. Une dépouille de la fuite, elle aussi, rien qu'une dépouille. Soudain, ma tristesse changea de camp et je m'apitoyai sur son sort. Condamnée probablement à se satisfaire des clients de passage, la patronne devait avoir trompé la solitude à tel point que toute nouvelle rencontre n'était plus que la promesse d'un nouvel échec. Je réalisai alors que la dette réclamée par mon père à l'agonie était morte avec lui et que je devrais en faire le deuil. Un double deuil, en somme. Puis je posai mes yeux sur la rivière en attendant que l'eau, à force de couler, gomme l'herpès de la bouche de la patronne et que je puisse enfin me laisser aller.

L'invitée

On ne pouvait pas dire que tu étais un homme rayonnant de bonheur, mais tes moments d'abattement ne duraient pas longtemps. Aussi faisais-tu partie de ceux à qui un sourire de femme servait de torche même dans les journées les plus sombres. Cela expliquait peut-être pourquoi tu n'avais pas dit non quand elle t'avait téléphoné au petit-déjeuner pour te demander si tu pouvais l'héberger le temps qu'elle se trouve un logement à Ottawa.

— Ottawa ? Tu veux vivre à Ottawa ? Serais-tu en train de te payer ma tête ?

— Oui, Ottawa.

— Comme je n'ai eu aucune nouvelle de toi depuis ton départ, pour le moins précipité, en République dominicaine, je me demandais si tu étais toujours en vie… Je m'en réjouis, remarque, mais pourquoi diable Ottawa ? Sais-tu qu'ici, même les écureuils ont besoin d'une télé pour ne pas crever d'ennui ?

Cette blague, tu l'avais déjà sortie dans le passé. Il aurait été temps que tu renouvelles ton répertoire si tu ne voulais pas que tes petites amies te prennent pour un vieux radoteur.

— Désolée pour mon silence, j'étais débordée là-bas. Je comprends que tu sois déçu. Je te raconterai tout ça quand on se reverra. Entre Ottawa et Yellowknife, je préfère quand même la capitale fédérale.

— D'accord, je t'attends, répondis-tu avec une célérité téméraire qui s'expliquait soit par le fait que tu avais bu trop de café, soit par celui que, pris au pied levé, tu n'avais pas eu assez de recul pour mieux réfléchir.

— Merci de tout cœur, ça va me faire vraiment plaisir de te revoir, tu sais.

Ça, elle avait dû le dire avec un de ces sourires qui te faisaient craquer à l'époque où tu habitais Montréal. Certes, tu ne voyais pas son sourire maintenant, mais l'idée de le retrouver contribuait probablement à ta décision de l'accueillir chez toi comme ça, à la suite d'un appel intempestif, et sur un coup de tête. Plus d'un an s'était pourtant écoulé depuis toutes ces nuits passées dans l'appartement qu'elle louait sur le boulevard Saint-Laurent, dans une ancienne église de la Petite-Italie. *Ce fut notre première communion*, t'avait-elle murmuré à l'oreille après que vous aviez fait l'amour avec ce sourire qui t'interpellait d'autant plus qu'elle avait un regard plutôt mélancolique. Était-ce ce contraste entre joie de vivre et tristesse qui rendait son visage si attrayant à tes yeux ? *Ce fut notre première communion*, une phrase qui aurait pu être mièvre, voire carrément quétaine, mais que son sourire avait pour ainsi dire lavée de tout péché de lieu commun. À l'époque, Marie-Pénélope travaillait pour un cabinet de comptables au cœur de la Petite-Italie. Son patron, un Italien fortuné, entretenait des liens avec la Cosa Nostra, assurait-on en coulisses. Elle roulait dans un cabriolet BMW 135I dernier modèle gris métallique. Un peu sur tes gardes, tu avais tout de suite voulu savoir si, en dehors de son travail habituel, elle faisait aussi des heures supplémentaires auprès de son patron pour payer les mensualités de sa calèche de comtesse sachant compter au delà de ses dix doigts.

— Maripé, maintenant qu'on se « connaît », peux-tu me dire ce qu'il en est?

— Ne m'appelle jamais plus comme ça. Mon nom, tu le déclines au grand complet ou tu t'abstiens de me nommer.

C'était la première fois qu'elle prenait la mouche avec toi, mais son sourire avait immédiatement refait surface, comme son sens de l'humour :

— Marie-Peine, à l'extrême limite, je pourrais l'accepter, mais encore faudrait-il que tu en fasses la requête, dit-elle sur un ton mi-amusé, mi-persifleur.

— Marie-Peine, c'est moins flamboyant, puis j'aurais bien peur qu'à la longue ton sourire n'en prenne pour son rhume.

Vous aimiez rigoler ensemble, et c'est toi, qui eus de la peine le jour où elle t'annonça de but en blanc qu'elle devait te quitter pour partir en République dominicaine faire un travail comptable pour un client de sa boîte. Sonné, tu lui demandas les précisions d'usage (Où en République ? Pour combien de temps ? Qui est ce client ? Et surtout d'où vient cette urgence qui a l'air d'une fuite ?), mais elle fit preuve de tant d'opacité que tu préféras plier bagage sans insister avant même son départ, programmé pour un dimanche, la pire des journée pour faire ses adieux à la fille qu'on aime. L'aimais-tu vraiment, Marie-Pénélope ? Difficile d'y répondre dans une société qui ne marque plus de frontière entre addiction au coït et besoin de tendresse. Faire le deuil d'une église n'était pas non plus dans tes projets, mais tu dus t'y résigner.

Tout bien considéré, son sourire excepté, elle ne méritait probablement pas que tu aménages une place chez toi, et à plus forte raison depuis que tu t'étais engagé six mois auparavant sur la voie d'un bouddhisme tibétain prônant l'abstinence sexuelle dans le but de mieux préserver l'énergie susceptible de se transformer en lotus. Ce passage du coitus au lotus t'avait certes beaucoup coûté, mais tu te sentais plus en harmonie avec toi-même à présent. À cela s'ajoutait l'exiguïté de ton logis à l'orée du marché By, dans une rue fréquentée par des péripatéticiennes qui affichaient leur commerce par des signes extérieurs de lèse-majesté. Était-il acceptable que la ville où demeurait le représentant de la reine d'Angleterre, Son Excellence le très honorable David Johnston, gouverneur général du Canada, fût le théâtre d'une telle dégradation de la gent féminine ? Tu sortais systématiquement de chez toi avec des lunettes de soleil afin qu'on ne t'accuse pas de participer ne serait-ce que par des regards obliques aux pratiques illégales des proxénètes opérant en bandes organisées à chaque coin de rue, y compris celles de l'Armée du Salut et de l'ancien couvent des Sœurs du Bon-Pasteur. Il faut dire que, pour attirer le chaland, les robes des pupilles du trottoir fondaient comme neige au soleil dans ce quartier peu favorisé du centre-ville, infesté de revendeurs de drogue à la sauvette. Tandis qu'ailleurs la ville connaissait un phénomène d'embourgeoisement tous azimuts, ici une forme de lèpre sociale gagnait autant les corps que les esprits. À plus grande échelle, tu avais observé ce déclin récemment à Detroit, la ville qui avait vu naître l'industrie automobile américaine, lors d'un voyage aux frais d'un client désireux d'acheter un modèle de voiture sportive introuvable au Canada. En dépit de ton anglais sommaire et ignorant les règles de base des procédures à la frontière, tu avais été son « ange gardien » ; The guardian angel.com était d'ailleurs le nom de ta compagnie inscrite au Registre du commerce et des sociétés en Ontario. Ce travail que tu t'étais inventé de toutes pièces ne te rendrait pas millionnaire, mais il te permettait au moins de payer ton loyer.

Ayant quitté un poste de responsable des opérations dans une clinique pour chiens du troisième âge à Rockliffe, le quartier huppé de la capitale fédérale, tu avais finalement décidé de t'installer à ton compte. Tu aimais les animaux, mais il t'était devenu insupportable d'assister à leur lente agonie. La vieillesse comateuse de certains canidés t'avait au demeurant rapproché de leurs maîtres, eux-mêmes souvent aux prises avec l'Alzheimer et d'autres privilèges de l'âge d'or. C'est d'ailleurs alors que tu aidais une octogénaire à reprendre ses esprits après le décès de son labrador bien-aimé que l'idée de la création de ta compagnie s'était frayé une voie dans ta cervelle saturée de croix à quatre pattes.

Les jours qui précédèrent l'arrivée de Marie-Pénélope à la gare routière d'Ottawa, tu imaginas différents scénarios susceptibles de t'aider à retirer ta parole. Tourner le dos à tes engagements n'était pas dans tes habitudes. C'était lâche ; surtout, il était trop tard. Puis, il fallait bien le reconnaître, le charme de son sourire opérait encore certaines nuits où la solitude mordait ta chair avec l'acharnement d'une de ces mascottes dont tu avais eu la garde. À ces moments-là, tes exercices de yoga tantrique étaient de peu de secours, et tu avais tendance à t'amollir quelque peu. Mais le lendemain, l'inquiétude de voir ta stabilité émotionnelle remise en question par les pratiques invasives dont elle était coutumière s'emparait de toi au point de déclencher des crises d'angoisse. Ça, c'était bien toi : dès que le désir s'estompait, l'anxiété reprenait le dessus.

Comme à l'accoutumée, l'autobus de Montréal arriva à la gare avec une bonne demi-heure de retard. Ton cœur se mit à battre la breloque lorsque tu la vis descendre du véhicule en minijupe. Mais pourquoi en minijupe ? Un jean eût été plus approprié, n'est-ce pas ? À quoi bon réveiller des souvenirs enterrés sous la coupole d'une église transformée en copropriété à l'angle de la Main et de Saint-Zotique ? Une minijupe si affriolante que même le chauffeur de l'autocar s'était fait un devoir de souligner par un regard ouvertement lubrique l'excès de cuisse offert au public… Pourpre, elle était pourpre, sa minijupe qui fendait l'air chaud de ce milieu d'après-midi d'août. Marie-Pénélope portait un chapeau Trilby noir à petits bords, avec un ruban mauve qui lui donnait un air franchement canaille. Après les bises d'usage, tu l'aidas à mettre ses deux valises dans le coffre de ta vieille Coccinelle jaune canari, qui refusa tout net de se refermer. Il fallut déplacer la plus grosse des deux valises à l'intérieur. Seigneur qu'elle était lourde ! Mais qu'y avait-il là-dedans pour que tu ailles jusqu'à te demander si la nouvelle arrivée ne venait pas de rafler un convoi de lingots d'or ? Déjà, quand Marie-Pénélope t'avait informé qu'elle prendrait l'autocar pour se rendre à Ottawa, quelque chose en toi avait sonné l'alarme. Et la BMW gris métallique qui faisait sa fierté dans les rues de la Petite-Italie, à côté des Ferrari et des Lamborghini des patrons des restaurants à la mode ? Du coup, de plus en plus inquiet, tu préféras l'inviter à prendre un verre sur une terrasse du côté du Glebe, l'un des rares quartiers où l'absence de Montréal ne se faisait pas trop sentir.

— Alors, pourquoi Ottawa ? Et pourquoi moi ?

— Pourquoi pas ?

Cette fois-ci, bizarrerie ultime, aucun sourire ne vint adoucir sa réplique lancée du tac au tac. Tu songeas qu'elle avait sans doute fait un mauvais trajet ou que tu aurais dû attendre avant de lui poser la question aussi directement, sans ménagement. Elle s'était mise à consulter la carte de l'établissement alors qu'il était trois heures trente de l'après-midi et que tu avais plutôt l'idée de prendre un petit café, histoire d'aménager une transition vers la cohabitation après ce départ brutal il y avait plus d'un an en République dominicaine.

— Une crêpe à la mode bretonne et une rousse irlandaise, commanda-t-elle d'une voix ferme et en français, tandis que la serveuse, une jeune Asiatique ayant du mal à baragouiner même l'anglais, restait plantée là sans savoir quoi faire.

— *A Kilkenny from Ireland, please*, t'empressas-tu de traduire tout en omettant la crêpe.

Mais au lieu de passer sous silence ce besoin d'économie que ta situation précaire expliquait sans doute, elle revint lourdement sur sa commande :

— N'oublie pas la crêpe, fit-elle d'une voix sèche.

— …

— N'oublie pas non plus que je suis ton invitée.

Alors, l'impression d'être la cible d'une cabale orchestrée par une volonté obscure te saisit à la gorge. Ayant gardé ses lunettes de soleil, elle te semblait prête à tout pour avoir raison de ta bourse, voire de ta vie tout court. C'était bête et irréfléchi, mais la peur de la misère venant tout à coup te frapper en plein visage, tu calculas mentalement le temps qu'il te faudrait pour courir vers ta voiture, débarquer les deux valises de madame et te perdre dans le flux de la circulation qui commençait à grossir à cette heure de l'après-midi.

Dire que tu aurais peut-être pu continuer à l'aimer si elle était restée fidèle à l'église qui avait accueilli vos premiers ébats à Montréal.

Fuite

- naïvité
- prisonier (du taxi)

→ arnarquerie
- maison abandoné

La déprise

Le trajet depuis l'aéroport international de Tocumen jusqu'à Punta Chame, à une heure et demie de Panama City, s'était déroulé sous une pluie si forte que le taxi devait ralentir par moments afin d'éviter la sortie de route. En regardant par la vitre arrière, le voyageur n'apercevait qu'un rideau d'eau. L'image d'une piscine à débordement lui vint tout naturellement à l'esprit. Voilà qu'il avait quitté un été passablement pourri au Canada pour s'enfoncer dans ce déluge sans fin qui transformait toutes les rues en rizières. On se serait cru dans un pays en proie à la mousson. Des arbres arrachés par des vents violents jonchaient le bord de la route. On lui avait dit que, pendant la saison des pluies, il y avait beaucoup moins de touristes au Panamá, que les prix baissaient de moitié, mais que la végétation, gorgée d'eau, découvrait en revanche ses plus belles fleurs. C'était sans doute vrai, mais s'il continuait de pleuvoir comme une vache qui pisse, il serait obligé de rester cloîtré dans la maison qu'il avait louée par Internet. Des mois à rêver de plages d'un sable blanc étincelant sous le soleil et d'une chambre avec vue sur la mer, pour se retrouver trempé comme une soupe aussitôt descendu de l'avion. Non, il ne pouvait pas s'estimer chanceux. Depuis quand la guigne s'acharnait-elle sur lui ? Difficile à dire, mais il soupçonnait que la rupture avec sa femme y était pour quelque chose. Ces choses-là n'arrivent jamais seules, il en était persuadé.

Le pire, c'est qu'on finit par les accepter. Accepter de ne pas avoir de chance ? Merde, alors ! Pourquoi n'aurait-il pas le droit de toucher lui aussi, ne serait-ce qu'avec le bout de son petit doigt, une portion de ciel bleu de temps à autre ? *Juste un tout petit chouïa, Seigneur, disons une fois tous les deux ans.* Encore heureux qu'il fût parvenu à mettre la main (toute la main, c'était bien le cas de le dire) sur un chauffeur de taxi assez sympa pour accepter de l'emmener à cette plage fort éloignée de la capitale, pour une soixantaine de dollars à peine. Il fallait reconnaître que la voiture n'était plus dans sa prime jeunesse et que l'absence d'air climatisé, dans un pays où les températures descendaient rarement en dessous des trente-trois degrés Celsius était de nature à décourager les clients. Mais Pascal Lévêque aimait la chaleur et il pouvait l'accueillir sous toutes ses formes. Non, la pluie ne saurait écraser tous les projets de détente qu'il avait mijotés un à un pendant ce dernier hiver particulièrement long à Montréal. Combien de tempêtes de neige ? Au-delà de la troisième, il ne les comptait plus. Son travail dans une école publique d'un quartier défavorisé où les enfants parlaient tout sauf le français à la maison l'avait passablement épuisé. Aussi songeait-il à exercer un autre métier, sans s'avouer les inquiétudes qui l'assaillaient devant un changement d'orientation professionnelle alors qu'il avait déjà atteint le cap de la quarantaine. Et comme si un malheur ouvrait la voie à de nouvelles catastrophes, il y avait eu au milieu de tout ça sa séparation d'avec Laura, qui s'était propagée dans sa vie comme une traînée de poudre faisant sauter un à un tous ses barrages. Il aurait tout fait pour la garder, mais elle était devenue imprévisible, du moins pour lui. De longues semaines s'écoulaient sans qu'ils fassent l'amour, et alors qu'il en était malade, elle trouvait ça normal.

— Normal, ça ? Voyons, Laura…

— Besoin d'une pause, comprends-tu ça ?

Non, il ne comprenait pas ça, d'autant plus qu'il avait toujours été ponctuel au lit comme une montre suisse qui a horreur du retard.

Au bout de quelques semaines d'abstinence forcée, il finit par craquer. Un petit café avec une collègue de travail ouvrit la porte au monde interlope des fantasmes extra-conjugaux. De fil en aiguille, le petit café fut agrémenté d'un peu de cognac qui, en moins de deux, lui monta à la tête. Incapable de mentir, il en parla ouvertement à sa femme, qui le mit aussitôt à la porte.

— Je comprends pourquoi je n'avais plus envie de coucher avec toi, s'écria-t-elle.

— Mais je ne t'ai jamais trompée tant que nous avions une relation normale, se rebiffa-t-il.

— Je pressentais que tu allais le faire, voilà pourquoi je ne couchais plus avec toi, conclut-elle en guise d'épitaphe, et non sans une certaine dose de mauvaise foi.

C'était insensé ce qu'un couple pouvait fabriquer comme mensonges pour ne pas avoir à reconnaître que le cycle des amours était clos et que chacun devrait reprendre sa sexualité à bras-le-corps, là où la rupture les avait surpris. Laura, pourquoi penser à elle juste au moment où il s'apprêtait à fouler le sable de la presqu'île, qui enfonçait son éperon de dunes de sable dans l'océan Pacifique ?

Contre toute attente, alors qu'il anticipait le pire, la pluie cessa subitement à l'entrée de Punta Chame. Mais un écran de reliques de son passé voilait à présent l'horizon. Si seulement il était possible de procéder à une ablation de la mémoire, comme s'il s'agissait d'amygdales dont on n'a plus besoin ! Ou de la remplacer, à la manière des ordinateurs, par une autre mémoire, virtuelle celle-là, qui lui rappellerait de bons souvenirs d'événements qu'il n'avait jamais vécus !

— C'est tout près de Nitro City Panama Action Sports Resort, indiqua-t-il au chauffeur.

Il voyait à présent le sable de plus en plus blanc étendre son emprise sur toute la presqu'île, tandis que des palmiers à moitié couverts par les dunes s'élevaient sur les côtes comme des oreilles d'éléphant qu'on aurait couchées là pour mieux contenir les vagues.

Les maisons, très basses et peu nombreuses, s'appuyaient sur des briques grugées par le sel et l'accumulation de salpêtre. Certaines boîtes aux lettres ayant été terrassées par l'orage, il fallait sortir de la voiture pour en identifier le numéro. Et s'il n'y avait pas de numéro, il devait s'engager sur le sentier pour gagner le front de mer. C'est comme ça qu'il trouva la maison sise au 777, celle qu'il avait réservée en ligne auprès de la compagnie Sunset & Nothing More moyennant un transfert de fonds électronique. Il remarqua tout de suite que les fenêtres n'avaient pas de rideaux. En observant à travers celles du salon, il constata, très étonné, qu'il n'y avait pas non plus de meubles. Affolé, il se précipita vers le petit boîtier métallique fixé au beau milieu de la porte d'entrée. La clef s'y trouvait dans une enveloppe, avec un mot en espagnol qu'on pouvait traduire par : « Fais comme chez toi. »

D'une main tremblante, il ouvrit la porte pour se retrouver dans une maison sentant le moisi, infestée de champignons, et présentant tous les signes d'un abandon qui ne datait pas d'hier. Pas l'ombre d'un matelas dans la chambre, et la cuisine, sans poêle ni frigo, n'offrait qu'un vieux calendrier jauni accroché au mur en signe de bienvenue. Aux affres de sa découverte s'ajoutait le malaise particulièrement vif qu'il ressentait d'avoir mordu à l'hameçon de ceux qui transforment le Web en un vaste miroir aux alouettes. Stupide et naïf, il avait cru bien faire en réservant une maison les pieds dans l'eau pendant six semaines pour à peine mille cinq cents dollars. Encore heureux qu'il n'eût payé que la moitié de la somme ; mais comment s'assurer qu'ils n'en avaient pas prélevé davantage pendant qu'il se rendait à Punta Chame ? Il retournerait le plus vite possible à Panama City pour prévenir sa banque au Canada. Ayant été floué, il devrait annuler sa carte avant qu'ils ne vident ce qui restait dans le compte. Il ne manquerait plus que ça ! Désenchanté, la mine renfrognée et au bord d'une de ces crises existentielles qui vous font croire que le genre humain dans son ensemble vous tourne le dos, il regagna le taxi et expliqua en termes peu recherchés sa situation au chauffeur :

— Je me suis fait baiser.

— On en est tous là, señor. Si je vous racontais la quantité de fois que ça m'est arrivé, vous ne me croiriez pas.

L'homme était un mulâtre d'une cinquantaine d'années, avec un de ces sourires généreux que le soleil souvent au rendez-vous et la proximité de l'océan expliquaient sans doute en partie. Énervé par le voyage et trop soucieux de payer le moins possible pour le trajet de l'aéroport international à Punta Chame, il ne s'était pas vraiment intéressé à l'être humain derrière le volant. Il le regardait à présent comme s'il venait de le découvrir.

— Ne vous en faites pas, je connais quelqu'un à l'autre bout de la *península* qui pourrait vous tirer de ce pétrin, *señor*.

Il eut beau lui expliquer qu'il préférait rentrer en ville pour alerter sa banque et passer au consulat canadien se faire émettre un constat de fraude, au cas où son assurance accepterait de rembourser une partie des dépenses encourues. Le chauffeur insista: là où il l'emmènerait, il pourrait tout régler au téléphone sans avoir à rentrer bredouille au Canada.

— Pensez à vos vacances, *señor*, au moins vous êtes déjà au bord de la mer!

Tout en faisant preuve d'empathie, le chauffeur n'acceptait pas qu'une poignée de dollars ruine ce projet de séjour au soleil.

— Si, chaque fois que les gens ne tiennent pas parole, il fallait qu'on recule, on ne sortirait jamais de chez soi, *señor*...

Le soleil se faufilant de plus en plus à travers les nuages, il se sentait trop fatigué pour résister longtemps aux arguments du chauffeur qui mettait déjà le cap vers l'endroit où Punta Chame s'enfonçait dans le Pacifique. Pendant quelques minutes, il ferma les yeux en se concentrant sur ce nouvel itinéraire qui se déroulait sans aucune maîtrise de sa part. Allait-il lâcher prise au moment même où il se devait de reprendre en main son projet d'évasion? Or, le désir de poursuivre sans regarder en arrière exigeait une dose d'énergie qui lui faisait soudainement défaut. En rouvrant les yeux, il vit l'océan d'un bleu turquoise se rapprocher de plus en plus du taxi, dont les amortisseurs avaient parfois du mal à absorber le cahotement de l'habitacle dans les crevasses. La route, à force de se faire sinueuse, se transformait en serpent de mer entre deux rives.

Il sentit alors que quelque chose commençait à pousser au fond de ses tripes, une sorte de tremblement que les trépidations de la voiture ne faisaient qu'accentuer. Quelque chose où l'envie de pleurer et l'envie de rire tout à la fois étaient comme les deux côtés d'une même médaille. Ainsi que le mauvais temps, les souvenirs s'estompaient pour céder la place à un désir de vivre à l'état brut, rugueux et renforcé par un élan dont il ignorait l'origine. Voilà qu'il éprouvait enfin le courage, voire le plaisir, de vivre enfin dans ce corps qu'il avait traîné jusque-là comme un boulet. Dire que bientôt il pourrait plonger dans cette mer, sans valises et sans constat de divorce, tout simplement parce que, de même que la maison qu'il venait de quitter, il n'en restait plus rien. Ne sachant pas du tout ce qui l'attendait au bout du chemin, sans se demander si ce chauffeur bonhomme n'était pas un nouvel escroc qui venait achever le forfait des premiers, il sourit de ce sourire à peine esquissé des hommes qui ont enfin réalisé qu'on ne prend pas la route, que c'est plutôt elle qui nous prend. Et au moment même où il s'abandonnait à l'air marin qui entrait par rafales dans l'habitacle, le chauffeur au volant d'un taxi sans inscription officielle à Panama City, souriait à son tour à l'idée du cachet qu'il recevrait pour cet étranger venu s'échouer sur ces plages lointaines comme une de ces baleines ne sachant plus faire la différence entre le nord et le sud.

Le repos du pirate

Il n'avait tué personne, mais ses agissements financiers avaient ruiné une bonne centaine de petits épargnants à l'époque où il était conseiller en placements extraterritoriaux dans une compagnie ayant pignon sur rue à Montréal. Après avoir purgé une peine de moins de deux ans de réclusion criminelle, il quitta le Canada en se jurant de ne plus jamais entendre parler — dans l'ordre — ni de ses hivers interminables ni de son système pénitencier, dont il critiquait le « manque d'espaces verts » à l'intérieur des prisons. Ce commentaire, qu'on aurait pu prendre pour un signe supplémentaire de son cynisme, était pourtant de bonne foi dans la mesure où il avait vécu ses années montréalaises entouré de verdure, dans une maison victorienne au bord du lac Saint-Louis, à l'ouest de l'île. Passionné de fleurs exotiques et de pergolas tapissées de clématites, il aimait tellement jardiner que les dégâts provoqués par une pluie trop intense sur ses *asphodelus albus* importés des côtes de Bretagne et de Galice avaient déjà réussi à le faire pleurer.

Sorti de prison sur la pointe des pieds — à quoi bon se faire remarquer par ses codétenus, qui l'auraient accusé d'avoir obtenu un traitement de faveur ? —, il vendit tout ce qui n'avait pas été saisi par les autorités et s'empressa d'aller rejoindre son magot diligemment placé dans différents paradis fiscaux. Grâce à des avis d'experts en gestion de fortune à l'étranger, il parvint à brouiller toutes les pistes qui auraient permis aux limiers du fisc canadien de pénétrer les abris où il planquait le fric. Le Costa Rica, l'Uruguay et les îles Caïman n'ayant plus de secrets pour lui, il prenait la poudre d'escampette au moindre signe avant-coureur d'une quelconque menace sur ses différentes cachettes. Dix ans déjà qu'il menait cette existence de voyageur transfrontalier, désireux de ne jamais plus s'enraciner. Toute la confiance naïve, voire aveugle qu'il avait réclamée de ses anciens clients, il se l'interdisait impitoyablement dès qu'il s'agissait de ses propres intérêts. Se méfiant de tous, il était allé jusqu'à faire appel à un chirurgien plastique américain installé à Panama City pour transformer sa physionomie. Henry Morgan, le nouveau nom inscrit sur son passeport panaméen, lui allait comme un gant si l'on veut bien se rappeler les prouesses très peu recommandables du pirate anglais ayant décimé la toute première capitale de ce pays de l'Amérique centrale qui deviendrait le plus riche et le plus cosmopolite grâce à l'ouverture d'un canal interocéanique en 1914. Même le cercle restreint de sa propre famille ignorait tout de ses investissements, faits au nom de sociétés à numéro dont il était le seul à connaître les mots de passe.

En dépit de son identité flambant neuve et de toutes les précautions entourant ses différentes cachettes financières, Henry Morgan gardait toujours le réflexe du fuyard. Aucune propriété à son nom, des séjours dans des hôtels qu'il ne visitait qu'une fois, des horaires changeants, aucun coup de fil rattaché à ses transferts d'argent, pas de maîtresse attitrée ni d'enfant en bas âge à même de réclamer une quelconque pension. Peut-on dire qu'il vivait dans ses valises ? Pas tout à fait puisqu'il louait également des appartements, qu'il payait en espèces sonnantes et trébuchantes, un peu partout sur la planète. Prague, Vienne, Florence, Barcelone et Lisbonne étaient ses villes préférées en Europe. L'île de Bali en Indonésie ; Manille, dont il aimait les jeunes filles en fleur qu'il cueillait le long des voies surpeuplées du chemin de fer national ; Pathein, qu'il affectionnait particulièrement pour ses nombreux temples bouddhistes et la beauté de ses ombrelles en bambou colorées vendues dans toute la Birmanie ; Cuzco, au Pérou, qui conservait encore entre ses ruines l'éclat de l'or pour lequel l'Espagne avait vendu son âme au diable ; Cuenca, en Équateur, dont l'éternel printemps lui faisait croire qu'il avait encore beaucoup d'années devant lui ; Buenos Aires et le quartier de Palermo en particulier, où il pouvait déguster les meilleures pizzas au monde ; Colonia del Sacramento, en Uruguay, qui lui rappelait certains quartiers de Lisbonne avant son entrée dans l'Union européenne ; Cartagena de Indias en Colombie, Antigua au Guatemala, et Oaxaca et San Miguel de Allende au Mexique pour la qualité de leur lumière, grâce à laquelle même le faux étincelait comme une promesse de vie éternelle. Mais le soir où il se retrouva nez à nez avec une de ses victimes montréalaises à l'accueil d'un restaurant à la mode du Casco Viejo, à Panama City, il aurait pris ses jambes à son cou s'il ne s'était pas souvenu à temps qu'il avait changé de visage. Cependant, il n'en mena pas large en attendant de se voir attribuer une place par la serveuse. Il eut la mine renfrognée pendant tout le repas, au point que son invité, un avocat ayant trempé sa toge dans la plupart des affaires louches de l'isthme, ne manqua pas de le lui faire remarquer :

— Il y a quelque chose qui ne tourne pas rond ?

— Dans cette salle se trouve une personne qui a perdu beaucoup d'argent avec moi, murmura-t-il en se rapprochant de son interlocuteur d'un air soucieux.

— Ne me dites pas que ça vous coupe l'appétit.

La voix de l'avocat ne tenait qu'à un fil, comme s'il jouait à mettre à l'épreuve la capacité d'écoute de son interlocuteur.

— Tout de même, j'aurais préféré ne pas la rencontrer. Voilà tout.

— Vous avez déjà payé ce que vous deviez à la société.

La phrase avait été dite sur un ton sarcastique qui agaça l'ex-conseiller financier.

— Je ne devais rien à personne. Tant qu'ils touchaient leurs intérêts, personne ne se plaignait, mais dès qu'ils ont commencé à retirer leur fric à tort et à travers, il a fallu que je coupe le robinet. Après toutes ces années à faire prospérer l'argent des autres, je n'allais quand même pas me retrouver sur la paille.

— Quitte à vous décevoir, mon vieux, je crois que tant que votre mémoire n'aura pas elle aussi changé de visage, vous aurez du mal à profiter de tout ce que vous avez.

À travers les grandes fenêtres du restaurant, on voyait la baie scintillante de Panama City, semblable à un paquebot prêt à s'engouffrer dans le canal. Pourquoi devait-il encore se justifier ? Comment expliquer ce besoin de fuir qui le tenaillait dès que certains souvenirs se mettaient à bourdonner comme des abeilles dans un bocal ? Il était riche à présent, très riche même, mais comment faire pour mettre tout ça au service de sa liberté ? Pourtant, elle brûlait, cette liberté, depuis le jour où il avait quitté la prison. Oui, sa liberté brûlait, elle se consumait comme un cierge d'église que personne ne se donne la peine d'éteindre après la messe. Qu'allait-il faire de tout cet argent s'il ne se sentait pas libre de ses mouvements ? À quoi bon se rappeler les montants faramineux qu'il avait engrangés au fil d'une vie régie par l'appât du gain s'ils ne le faisaient plus jouir autant que par le passé ? S'il avait aussi mal à sa liberté, c'est qu'il ne parvenait pas à s'en prévaloir comme il l'aurait souhaité. Une liberté qui, telle une rage de dents, dynamite votre plaisir de vivre : comment expliquer cela à cet homme pourri jusqu'à la moelle assis en face de lui ?

Après le dîner, il refusa net l'invitation d'aller prendre un digestif chez l'avocat, qui logeait au dernier étage de la tour Trump Ocean Club International sur l'avenue Balboa. Ce soir, il ne se sentait vraiment pas dans son assiette. Il avait envie de marcher et de se prouver à lui-même qu'il était encore capable de s'approprier les réflexes d'un homme libre. Serrant la dextre de l'avocat, il sentit qu'elle était molle et moite tout à la fois. Dès qu'il se retrouva seul, il sortit un mouchoir de la poche arrière de son pantalon en lin et s'essuya la main avec énergie. Il aspira à pleins poumons la brise de l'océan chargée d'iode et d'ozone. La saison des pluies touchait à sa fin, et l'air devenait beaucoup plus respirable. Il marcha en direction de l'hôtel Colombia, où il logeait, mais le sommeil se faisant tirer l'oreille ces derniers temps, il bifurqua tout à coup, prenant la direction du Paseo de Las Bóvedas. Imprégnée des effluves marins, la nuit avait cette intensité tropicale qui vous colle à la peau au point de transformer votre promenade en jeu avec le feu. Comment ne pas savoir qu'à une heure aussi tardive il valait mieux éviter cette partie de la ville, fréquentée par des malandrins de tout poil qui se feraient un devoir de vous détrousser en un tour de main ? Juste à côté, le quartier de El Chorrillo fourmillait de criminels prêts à tout pour ruiner le séjour de n'importe quel étranger de passage. Malgré les efforts de la police, de jeunes voyous sous les effets de la drogue arrivaient toujours à mettre en place des guets-apens, rendant certains quartiers de la ville particulièrement dangereux.

À l'hôtel, pas plus tard que ce matin, il avait lu encore une fois les consignes de sécurité à l'intention des touristes séjournant dans l'établissement : *You should always exercise caution, and stay where it's well lit and where there are plenty of people around. Always take taxis at night. Casco Viejo gets an undeserved bad rep, though you should not underestimate how quickly the neighborhood can change. As you move away from the tip of peninsula, you will be entering high-density slums and plenty of tourists have been the target of criminal activity.*

Mais tout se passait comme si ces avertissements, au lieu de le ramener sur le droit chemin, papillotaient à l'horizon avec l'éblouissement équivoque des chaloupes faisant le trafic des stupéfiants entre le Panamá et la Colombie voisine. Il accorda sa démarche au rythme des vagues, dont on distinguait l'éclatement de l'écume au pied de la falaise. Cet appel du large était d'autant plus singulier qu'il n'avait jamais eu le pied marin. Un vrombissement dans ses oreilles lui fit croire qu'un cargo battant pavillon chypriote réclamait sa présence à son bord. D'un pas sur lequel l'hésitation n'avait plus de prise, il se dirigea vers le coin de la promenade où l'on voyait les bateaux de plus près. C'était aussi l'endroit le plus éloigné et le moins éclairé du Paseo de Las Bóvedas. Un de ces lieux, justement, que tous les guides déconseillaient aux voyageurs de visiter, notamment la nuit. Mais il ne suivait plus aucun guide, la nuit qui seule faisait à présent son affaire échappait au contrôle de la loi. Le cargo venant de faire entendre sa sirène une nouvelle fois, il vit là le signe d'un voyage annoncé. Débarrassé soudainement de la peur qui l'avait fait changer de visage, il franchit le seuil au delà duquel la fuite n'avait plus de raison d'être. Pour la première fois depuis sa sortie de prison, il se sentit enfin libre. Ce sentiment était si fort qu'il ignora la première ombre qui se détachait du mur encore debout d'une ancienne douane déménagée depuis longtemps dans la zone du canal. La deuxième ombre se contenta de l'attendre en faisant corps avec la nuit qui, dans ces parages, s'étalait comme une mer sèche, privée du sel de la vie. Il marchait encore lorsque le premier coup sur la nuque le fit chanceler. En vain, il essaya de voir qui était derrière cette violence qui déferlait sur lui sans crier gare. On aurait dit que la nuit elle-même n'était plus qu'un poing fermé. Le cargo passerait sans qu'il puisse poursuivre sa course vers un autre port susceptible d'accueillir sa liberté recouvrée.

Le partage des eaux

Il était arrivé le premier à Montevideo après un long séjour à Toronto qui l'avait persuadé que le Nord ne comptait plus pour lui. Ou était-ce plutôt que le Nord ne comptait plus *sur* lui ? En attendant de pouvoir répondre à cette question, qui avait par ailleurs cessé d'être d'actualité à ses yeux, il s'était mis à rêver d'une existence davantage en harmonie avec la nature. Mais encore faudrait-il que sa compagne y fût sensible. Elle était venue une fois qu'il avait eu déniché un appartement à Pocitos, le quartier à la mode au bord du Río de la Plata. Il avait eu bien de la chance. Une Américaine, propriétaire d'un penthouse avec un balcon-terrasse de cent mètres carrés sur la *rambla*, lui avait loué les lieux pour deux cent cinquante dollars mensuels, avec la condition d'arroser ses plantes importées du Brésil et de s'occuper d'un chat persan dont le seul défaut était d'être un peu trop affectueux. De Montevideo il aimait tout, y compris les sautes d'humeur d'un ciel capable de virer en un clin d'œil d'un bleu diaphane au plus sombre des turquoise. Les orages qui s'ensuivaient ne duraient pas longtemps, et ils donnaient lieu à des éclaircies frisant souvent un bleu cobalt dont certaines élégantes de la capitale s'inspiraient au moment de choisir la couleur de leurs robes de soirée. Le pays était petit et vulnérable aux crises économiques de la région, mais les deux géants qui le tenaient en sandwich, l'Argentine et le Brésil, ne pouvaient tout de même pas lui piquer ce ciel-là. Et encore moins le sable fin et doré de ses plages s'étalant à perte de vue vers l'est, sur des milliers de kilomètres. Il espérait de tout son cœur qu'elle aimerait ça, Lisa, le déferlement des vagues au pied de la *rambla*, le sable étincelant sous le soleil et l'eau d'un fleuve si large qu'on l'appelait « mer » ici. Puis il y avait tout le reste, la vie de quartier notamment, caractérisée d'abord par le goût prononcé des gens pour une lenteur qu'ils savouraient un maté à la main. Jamais pressés, aimables et nostalgiques de leurs racines hispano-italiennes, ils s'étaient débrouillés pour réaménager leur pays avec dans leur rétroviseur une Europe méridionale des années cinquante.

Il n'oublierait jamais que le jour de son arrivée, la concierge de l'immeuble s'était fait un devoir de lui préparer un maté en signe de bienvenue. Dans quel autre pays aurait-il eu droit à un accueil aussi prévenant ? Sa première semaine avait été une succession de plaisirs s'enchaînant avec douceur les uns aux autres. Celui tout d'abord d'aller faire son jogging sur le front de mer, de bonne heure, alors que les plages sont encore vides et que rien ne cache la crinière blanche des vagues s'éparpillant aux quatre vents. Ensuite, après la douche, le premier café de la journée, qu'il prenait sur la terrasse en regardant la mer. Les petits croissants, les *medialunas*, achetés au coin de la rue, qu'il aimait garnir de *dulce de leche*: sa façon à lui d'adhérer au culte national du lait sucré qu'on étalait partout, y compris sur la crème glacée, elle-même déjà fortement édulcorée, cela va sans dire. C'était sans doute le contraste irrésistible entre le *dulce de leche* et le maté amer qui expliquait cette addiction consentie de tout un peuple. Ainsi jouissait-il des premières impressions d'un nouvel espace urbain apprivoisé sans trop d'effort. On était à la mi-novembre, et l'été entasserait bientôt sur le sable des milliers de corps avides de bronzage et de drague en plein air.

Son dernier contrat de consultant pour une compagnie allemande ayant été bien rémunéré, il avait le répit financier nécessaire avant de rebondir. Son savoir-faire dans l'univers encore peu développé de l'éolien domestique s'annonçait en principe prometteur dans un pays avec une électricité chère et des vents forts et fréquents, que l'absence notoire de montagnes rendait maîtres des lieux. En réalité, il n'avait eu qu'à défaire ses valises, car tout était déjà sur place, sans oublier ce chat, Michi, qui venait se frotter contre lui comme s'ils se connaissaient depuis belle lurette. N'eût été ce besoin de parler qui s'emparait de lui à la tombée du jour, la seule présence du félin aurait suffi à son besoin de compagnie.

Elle arriva sans crier gare un lundi en début d'après-midi, alors qu'il regardait un film porno sur son MacBook Pro en compagnie du quadrupède. Le chat ne comprenait probablement rien à ces cochonneries, hélas trop humaines, mais il donnait tout de même l'impression que les scènes de fellation ne le laissaient pas complètement indifférent. La sonnerie de l'interphone ayant tout à coup retenti dans le vestibule, il eut immédiatement le sentiment d'être pris en flagrant délit d'adultère.

— C'est moi, ouvre-moi la porte.

C'était elle ! Mais pourquoi ne pas l'avoir prévenu ? Il se serait fait un plaisir d'aller la chercher à l'aéroport, d'autant plus que l'Américaine lui avait même laissé les clefs de sa Mini Cooper S décapotable blanche, dans le garage de l'immeuble. Dans sa hâte de ne pas faire poireauter la voyageuse au pied de l'immeuble, il abandonna derrière lui l'assiette contenant encore ses restes de macaronis ainsi que le désordre provoqué par la préparation d'un repas en solo. Il ne prit pas le temps non plus de passer à la salle de bain pour se débarrasser d'une barbe de plusieurs jours qui lui donnait un air de mauvais garçon. Les traits tirés, elle se laissa embrasser avec l'air exaspéré de quelqu'un qui n'a pas particulièrement aimé son voyage. En un débit saccadé, elle lui parla des innombrables retards, de l'interminable attente dans les aéroports, de l'exécrable service à bord des avions et de ce trajet beaucoup trop long pour un si petit pays à l'extrême sud des Amériques. Non, pour Lisa, c'était clair comme de l'eau de roche, Montevideo ne valait pas le déplacement. Tant qu'à choisir une ville au bout du monde, pourquoi ne pas avoir jeté son dévolu sur Buenos Aires, tiens, une ville vraiment cosmopolite, avec des vols directs depuis Toronto, et dégageant ce parfum européen que tous les guides se faisaient une obligation de mettre en relief? *Et si on traversait le fleuve pour aller s'installer là-bas ?* Bien qu'elle n'eût point formulé la question, il la devinait suspendue à ses lèvres. Rien ne le décourageait davantage que de la décevoir, Lisa. Soucieux de ne pas se torturer alors qu'elle venait à peine d'arriver, il préféra mettre en sourdine, du moins pour l'instant, la révolte qu'il sentait bouillonner en lui. Ils montèrent dans l'ascenseur en silence tandis qu'il regardait par terre, histoire peut-être de mieux camoufler sa barbe. L'accueil fort chaleureux que fit Michi à sa blonde le poussa à se demander si le film porno n'y était pas pour quelque chose, après tout… Hormis l'humour, il ne voyait pas quelle voie emprunter pour la rejoindre, si cela était encore possible. Ce n'était pas nouveau du tout, lors de chacune de leurs retrouvailles il devait avoir recours à des stratégies ponctuelles s'il ne voulait pas s'enliser dans l'impasse.

Ils avaient vécu ensemble dix-huit mois à Toronto, dans un condo de six cents pieds carrés de l'avenue Yorkville. Il en aurait fallu au moins le double, voire le triple, pour que leur couple respire. Ils habitaient au trentième étage, et les descentes en ascenseur, se rappelait-il maintenant, avaient parfois un goût de sortie de prison. Mais il tenait à ce corps élancé dont les fesses potelées et superbement rattachées au tronc lui montaient à la tête comme un vin chaud. Était-ce une remarque machiste ? Peut-être, mais au moins il disait ce qu'il avait dans le ventre, tandis qu'elle ne révélait jamais ce qui l'attirait chez lui. Née à Toronto au sein d'une famille de petits commerçants juifs, elle avait grandi dans l'atmosphère multiculturelle de la plus grande ville canadienne, mais cela ne l'avait pas particulièrement sensibilisée aux inévitables malentendus des échanges interculturels. En vain avait-il essayé de lui faire comprendre qu'un « Juif » pouvait aussi être le résultat d'une construction sociale. « On ne naît pas Juif, on le devient », avait-il suggéré, soucieux de bâtir une passerelle entre leurs deux perspectives. « Ma mère est Juive, je suis Juive et ma fille sera Juive », répétait-elle comme un mantra. À la longue, il finit par accepter qu'elle avait besoin de cette formule magique pour se faire une place au soleil. Pourquoi pas ? Tout le monde avait droit à sa part d'essentialisme pour se donner une contenance, après tout. Lui, en revanche, ne se réclamait d'aucune ethnie en particulier, se contentant tout bonnement d'évoquer ici et là de vagues origines où le Pays basque espagnol, le sud de l'Italie et la Patagonie argentine se partageaient à parts égales l'impossible arbre généalogique d'une famille de pêcheurs. Né dans les eaux internationales à bord d'un bateau arborant le pavillon panaméen, il avait, en fonction du droit maritime, la nationalité du port d'attache, mais son identité s'arrêtait là, c'est-à-dire à un nom de pays dont n'importe quel navire pouvait acheter le drapeau. Son frère Carlos Aïtor, installé à Ushuaïa, était le responsable de l'asile psychiatrique le plus austral de la planète. *Un jour,* lui avait-il prédit, *je te verrai joindre les rangs de tous ces fous du bout du monde dont je m'occupe ici.* Il ne gardait certes pas un bon souvenir de ce frère parti très jeune faire des études de médecine aux États-Unis, pour devenir ensuite psychiatre sur la Terre de Feu. Ne fallait-il pas qu'il soit un peu sonné lui-même pour aller s'installer si loin ? Mais pourquoi avoir insisté à ce point pour qu'il l'y rejoigne ? Plusieurs coups de fil, suivis même de l'offre de lui payer le billet d'avion, au cas où il se déciderait enfin. *Ici tu pourrais profiter de l'essor touristique de la région et, avec tes connaissances linguistiques et ta passion des bateaux, il ne serait pas trop difficile de mettre sur pied une* start-up. Cet échange via Skype, le dernier, remontait à trois ans et depuis, silence radio. Pourquoi songeait-il à ce frère à la tête d'un troupeau de brebis fêlées alors que Lisa se dirigeait lentement (trop lentement sans doute) vers le balcon du penthouse donnant sur la mer ? Quel lien entre Montevideo et Ushuaïa ? D'un geste précis, suspendu à ce moment tant attendu, il s'empressa d'ouvrir la porte coulissante pour qu'elle accède enfin au balcon-terrasse donnant sur ce fleuve transformé en océan par l'abyssale échancrure entre les deux rives. De l'Argentine, proche et lointaine à la fois, ils regardaient les cargos chargés de marchandises en quête d'un port. Il aurait voulu se rapprocher de la fille, l'embrasser dans le cou comme il aimait le faire quand ils habitaient Toronto, mais elle demeura obstinément sur le seuil, bouche cousue, les deux bras collés aux flancs en signe d'abstention, comme si son corps avait du mal à se décider. Entre Buenos Aires et Montevideo, on voyait bien qu'elle ne trancherait pas, mais cette hésitation était le refus même qu'elle opposait à son accueil. Le partage des eaux se ferait sans doute plus tard, dès qu'elle serait partie à la suite de la rupture qu'il mijotait déjà, avec la mauvaise foi des hommes qui se croient obligés de provoquer ce qu'ils craignent le plus au monde.

- fuite
- exil (mère va vivre au CAN)
→ fils va la voir mais est mal amanché

L'agonie sans escale

Mon père m'avait donné son nom et ses coordonnées avant de mourir. *Téléphone-lui, les choses ici vont de mal en pis. Comme tu vois, je ne peux plus rien pour toi. Elle me doit bien ça.*

J'aurais voulu dire à mon père que son téléphone avait été coupé à cause des factures impayées, mais à quoi bon augmenter d'un cran son chagrin ? Il en avait déjà assez comme ça. Bientôt, ce serait le fil de sa vie qu'on couperait. Gros fumeur, il avait été prévenu longtemps d'avance par son médecin. Rien à faire : deux paquets par jour, et des fois trois. Même quand ses poumons n'étaient plus capables d'aller chercher l'air, il faisait le geste d'allumer une clope comme pour exorciser la mauvaise passe où il se trouvait. Des gestes en l'air, voilà tout ce qui resterait de lui une fois son corps parti en fumée. Rien que de l'esbroufe, papa, une voix à bout de souffle. Et il me demandait de quitter la maison alors qu'il n'était pas encore mort. *Va-t'en avant qu'il ne soit trop tard… Aucun avenir ici… Ce pays est foutu…* N'ayant plus la force de garder la vie en lui, il condamnait le Pérou tout entier. Et à force de l'entendre me le répéter, j'avais fini par croire que le pays avait attrapé lui aussi le cancer. Il parlait avec difficulté, papa. Je devais tendre l'oreille, m'approcher de lui, renoncer souvent à tout saisir. Rien que des bribes. Vu qu'il ne se rasait plus, on aurait dit que les mots restaient coincés entre les poils de sa barbe. Puis je n'aimais pas l'odeur de ce corps malade, pourrissant à vue d'œil bien avant qu'il ne rende son dernier râle. Je ne l'aimais pas trop, mon père, à bien y penser, même pas du tout. J'avais beau presser ma mémoire comme un citron, pas une goutte de tendresse pour lui. Ce n'était pas de la haine non plus, bien que l'approche de sa mort me laissât tout compte fait indifférent. Depuis le départ de maman quand je n'avais que neuf ans, il avait quand même été là pour m'héberger et régler le loyer. Nous vivions alors à Maranga, dans une toute petite maison encastrée entre une épicerie tenue par un Chinois et le local d'une couturière des Açores qui faisait les ourlets du quartier. Elle était fort grassouillette et très active dans son domaine. Un camarade de classe qui faisait souvent l'école buissonnière m'avait révélé il y a longtemps que papa s'y faisait tailler des pipes à l'occasion, ce qui, pour un fumeur compulsif de son espèce, pouvait passer comme une lettre à la poste. À l'époque où il travaillait à la radio, nous l'attendions, maman et moi, pour le repas du soir, mais il lui arrivait de découcher. La nicotine et le cul, il aimait ça, papa. C'était plus fort que lui. La nicotine aura même été la grande passion de sa vie : c'est avec elle qu'il resterait jusqu'à la fin. Au moins, il ne partirait pas seul.

Moi, en revanche, il faudrait que je me débrouille sans aucune espèce de béquille : je ne fumais pas, ne buvais pas, ne me droguais pas, je n'avais même jamais mis les pieds dans un McDo, ce qui aurait pu au moins me rendre un inconditionnel de la malbouffe ; puis le sexe, je le pratiquais aussi discrètement que possible et sans jamais oublier qu'il existait d'autres activités plus dignes d'éloge pour une cervelle humaine.

En ce temps-là, Maranga n'était qu'un quartier périphérique de Lima. La capitale du Pérou n'avait pas encore connu le gigantisme qui la caractérise aujourd'hui. Le pays prenait du retard. Ses matières premières, propulsées par les marchés asiatiques à l'heure actuelle, dormaient encore dans les entrailles de la cordillère des Andes. Maranga n'avait rien pour attirer une jeune femme. Maman, qui venait de Montréal, avait sans doute trouvé ça plat comme un trottoir de rue. Je ne parle pas de la cordillère, bien entendu, mais d'une vie loin du centre-ville, inanimée et morne, monotone aussi. Difficile sans doute pour elle d'accepter que la vie ne fût qu'une rengaine qui revenait sans cesse. Seuls les Chinois, une fois par an, sortaient un gros dragon rouge pour célébrer leur Nouvel An, puis tout redevenait comme avant. À part le bruit des vagues au pied du *malecón* et les cerfs-volants que les enfants tenaient au bout d'une corde, rien n'égayait le regard de maman. Surtout pas les absences de cet homme qui l'avait fait quitter son pays pour déménager sur une terre aux prises avec des séismes à longueur d'année. Des séismes et des coups d'État.

Les soirs d'été, nous nous baladions le long du *malecón*, maman et moi. C'est drôle, je me souviens clairement du fracas des vagues en bas des falaises, mais du visage de maman ne me reste rien, ou si peu. Une rougeur à peine qui enfle dans la mémoire, malade elle aussi, comme tout le reste. Les vents de la mer ébouriffaient ses longs cheveux roux tandis que moi, je lorgnais la gloriette autour de laquelle les enfants essayaient leurs nouveaux vélos. Piéton malgré moi, je convoitais les bicyclettes des autres. Même qu'une fois j'avais failli en piquer une. Je m'étais ravisé à l'idée que j'aurais été incapable d'expliquer ma « trouvaille » à mon père. L'occasion fait le larron, mais encore faut-il que le vol soit accepté à la maison. Papa n'aimait pas les voleurs, il disait qu'ils étaient comme des rats dans un navire. À mes yeux, toutefois, un vélo pouvait servir pour plusieurs personnes. La notion de propriété individuelle n'avait pas encore tout à fait germé dans ma tête. J'étais communiste sans le savoir, ou quelque chose dans le genre. Par contre, quand maman avait commencé à se laisser aborder par d'autres hommes, là, j'avais capoté. Non, il ne fallait pas, même si papa était loin d'être un gentleman. Puis un beau matin, c'est une façon de parler parce que le ciel était aussi joyeux qu'un mur de prison, elle était sortie de notre écran, maman. Partie en mer, assuraient certains voisins, avec un marin du port de Callao. Un Italien, selon la couturière, alors que le Chinois de l'épicerie prétendait qu'il s'agissait d'un commerçant colombien tenant boutique en Amérique du Nord. L'homme serait venu à l'aube sur une Harley-Davidson Glide Ultra Classic d'un rouge verni qui blessait la sensibilité du quartier catholique où nous vivions. Mais le Chinois donnait trop de détails techniques pour qu'on puisse le croire, puis tout le monde savait qu'il gonflait ses prix sous prétexte que l'inflation grugeait les marges de profit. Dans cette histoire, je ne savais plus à qui faire confiance. Toujours est-il qu'on ne l'avait plus revue, maman, disparue avec sa chevelure d'enfer comme si elle n'avait jamais existé. Cette mer qu'elle aimait tant regarder les soirs d'été accoudée à la balustrade du *malecón* fut donc la trappe de maman. Depuis lors, je me dis qu'une mer peut toujours en cacher une autre. À ma grande surprise, papa n'a pas été triste trop longtemps. Tout s'est passé comme s'il comprenait le besoin de maman de reprendre sa liberté. C'est le seul moment où j'ai trouvé qu'il avait été chic avec elle. En ce qui me concerne, je lui en ai d'abord voulu. Si maman était partie, c'était à cause de lui, point à la ligne. Puis après, ma rancune s'est tournée vers elle. Jamais eu de ses nouvelles, même pas une bouteille que la mer aurait rendue avec un message à l'intérieur me disant ne serait-ce qu'*adieu, petit, tu n'y es pour rien, tu sais. Je n'en pouvais plus, voilà tout.* Ça m'aurait aidé, je crois, mais c'était peut-être sa façon à elle de se couper d'une vie qu'elle n'arrivait plus à supporter. À force d'y penser, je me suis dit qu'elle avait probablement été enlevée et que le départ s'était fait à son corps défendant. Mais si c'était le cas, pourquoi papa n'avait-il jamais déposé une plainte à la police ? Était-il au courant de choses dont il ne m'a jamais fait part ? Je me rappelle l'avoir entendu dire à une occasion que maman n'était pas faite comme les autres femmes, mais il ne s'est jamais donné la peine de préciser sa pensée. Je n'étais qu'un enfant à l'époque et, à vrai dire, je ne me suis pas vraiment rendu compte de l'ampleur de la situation sur le moment. C'est bien plus tard que son absence m'a frappé comme quelque chose d'incongru et d'inconcevable. Comment avait-elle pu s'éclipser comme ça, tout à coup, sans tambour ni trompette ? Un mot, un tout petit mot gentil aurait suffi ; je crois que j'aurais compris, du moins j'aurais eu quelque chose à quoi me raccrocher.

De retour à Montréal, j'ai tout de suite passé un coup de fil chez elle ; en l'absence de réponse, j'ai enregistré un message dans sa boîte vocale. J'y ai laissé mon nom et le numéro de téléphone du bureau d'accueil de l'oratoire Saint-Joseph, où j'avais trouvé une chambre avec vue sur la montagne pour pas cher. Le lendemain soir, un message pris par la réception me donnait rendez-vous à dix-sept heures précises à la boulangerie Mamie Clafoutis. J'ai d'abord cru à une blague, mais une boulangerie avec ce nom cocasse existait bel et bien au 3660 de la rue Saint-Denis. Bien qu'on était au début de juin, il faisait froid, et une pluie accompagnée de rafales de vent clairsemait les rues. Dès que je suis entré, en dépit des années sans mots et sans images, j'ai su que c'était maman parce qu'elle fixait la porte avec la fébrilité de ceux qu'on tire d'un long sommeil. J'ai continué d'avancer malgré le sentiment d'étrangeté que m'inspirait cette femme dont les yeux clignotaient comme deux feux rouges en panne. Le visage crispé, elle se tenait sur ses gardes, on le voyait bien. D'où probablement ce rendez-vous dans un lieu public, qui lui permettrait, si notre échange tournait au vinaigre, de tirer son épingle du jeu. De ses longs cheveux rouges il ne restait plus que des touffes, qu'on aurait prises pour des cendres d'un ancien volcan. Sa dévastation physique était d'autant plus impressionnante que je n'avais pas été témoin de ce vieillissement qui la rendait presque méconnaissable à mes yeux. Elle avait l'air malade, l'air de quelqu'un en tout cas dont la santé avait été mise à rude épreuve. Pas après pas, je sentais qu'une partie de moi se mettait soudainement à crier au scandale. Quelle partie au juste ? Celle peut-être qui n'avait jamais eu sa part du gâteau ? Voici maman, voilà papa, elle m'embrasse la nuit avant que je m'endorme et lui fait le nécessaire pour que les factures d'électricité soient payées et que notre table reste allumée à l'heure du repas du soir. Pourquoi ? Pourquoi ce si long silence ? Un silence qui, du coup, les rendait plus complices que jamais. Lui et elle, elle et lui. Au fur et à mesure que les traits ravagés de cette femme qui était ma mère découvraient sa crainte de se faire demander des explications, je me sentais l'objet d'une projection que deux cerveaux détraqués auraient mise en place pour brouiller les pistes. Je ne veux plus me souvenir des mots que sa voix éraillée s'efforçait de faire passer pour argent comptant ni de ce regard vitreux qui me rappelait celui de papa à l'approche de la mort. Condamnée elle aussi ? Pourquoi fallait-il me faire participer à sa prochaine défaite ? Encore une désertion, en somme, que je devrais ajouter à ma liste de doléances. Sans transition, après des années d'absence, elle me forçait à regarder ce corps miné de l'intérieur par une maladie dont l'apparition avait dû précéder ma naissance. Son visage émacié et le tremblement de ses mains n'étaient plus de ce monde. Une maladie dégénérative sans doute l'enveloppait comme dans une toile d'araignée. Pourquoi avoir fait un si long voyage pour me retrouver nez à nez avec cette nouvelle dépouille ? À la regarder de près, je comprenais enfin qu'elle n'était que l'écho, voire la prolongation de l'agonie de papa. Tandis que dans le Sud il épuisait ses derniers restes, dans le Nord elle cherchait désespérément à faire reconnaître sa fuite comme celle d'un feu qui aurait tout dévasté sur son passage.

Mort s'écrit avec le *M* de Manille

Le train se fraie son chemin entre les maisons faites de bric et de broc des squatteurs du rail. Pablo Ceniciento, le conducteur de la locomotive, ralentit et siffle comme s'il ne collaborait avec la mort qu'à son corps défendant. Avant que ces milliers de paysans venus des campagnes avoisinantes ne déferlent sur les rails du chemin de fer de Manille, il roulait à vive allure sans avoir la peur au ventre. Puis ils sont arrivés par vagues successives, et la locomotive dont il arborait fièrement l'uniforme de conducteur-électricien en chef a soudain été vue par les familles comme un dragon sorti des entrailles de l'enfer. Prête à happer tout ce qui traîne, elle sème maintenant des croix sur son passage. Il y a aussi la chaleur et la fatigue, qui endorment les habitants du rail au point de les rendre sourds et lents tout à la fois. Combien de morts, d'estropiés et de mutilés ce train cache-t-il, sous son allure en apparence retenue dès qu'il s'agit de traverser toutes ces grappes d'habitations en torchis et en bambou s'égrenant le long des voies du chemin de la capitale philippine ?

« Le premier, c'est le plus dur » : c'est un cliché qui revient souvent dans les conversations entre collègues. Pour lui, c'est le seul qui compte comme si les autres n'étaient qu'une prolongation de cette première rencontre ayant ouvert la porte à toutes les autres. Elle avait eu lieu à l'aube quatre ans auparavant tout près du marché-gare qu'il venait de dépasser. Une femme chargée de poulets achetés au marché avait tenté de se rabattre contre le mur d'une des maisons en bordure de la voie ferrée. La locomotive avait sifflé trois fois; tandis que son conducteur s'apprêtait à en diminuer la vitesse, la femme avait trébuché et, ne voulant pas lâcher ses volailles, était allée s'effondrer à plat ventre sur le ballast. Pablo Ceniciento avait eu beau piler comme un forcené pour l'éviter, elle avait été tuée sur le coup, et il avait dû assister, impuissant, à la levée du corps. Encore sous le choc, il avait regardé, hébété, les restes où les plumes des poulets fauchés à leur tour collaient au sang de la victime comme un dernier signe d'adieu. Broyé par une machine qui n'était pas conçue pour partager la voie avec des humains, le corps de la femme n'était plus qu'un amas de chairs sanguinolentes. Pendant quatre-vingt-dix jours, il avait cherché en vain un autre emploi. Marié et père de cinq enfants en bas âge, il s'était résigné à reprendre son poste aux commandes d'une nouvelle locomotive. *Fuego,* l'appelait-il sous cape. Une façon comme une autre de l'assimiler à un Dieu étranger aux vicissitudes des humains pour qui la voie ne peut être que semée d'épreuves. Une façon aussi de se sentir moins coupable.

À présent, lorsque la mort frappe, il ne s'arrête plus, la fuite étant devenue son ultime compagne.

-mort

- soeur se suicide
- frère est avec pute

Croix du Sud

Je suis arrivée hier soir en autocar de Carrasco, l'aéroport international de Montevideo, après un peu moins de deux heures d'un trajet avec très peu d'arrêts. J'aurais pu prendre un taxi en descendant de l'avion, mais je n'avais pas envie de parler avec le chauffeur. Brune aux yeux verts, la trentaine fringante et la poitrine décomplexée, je me fais poser à tous les coups des questions idiotes dès que je mets les fesses dans un de ces vieux tacots qui polluent l'air en Uruguay, ce pays tampon entre l'Argentine et le Brésil que tu t'es obstiné à me proposer comme lieu de rencontre au moment où mes règles me font le plus souffrir. Épuisée par le vol depuis Toronto, je voulais juste me rendre à l'appartement en silence, avec les écouteurs de mon iPod Nano dans les oreilles. Non, je n'ai pas oublié le nom de l'immeuble, le Diano Marina, à côté de l'Argentino Hotel. Je n'oublie rien, tu sais. Il est sur le front de mer, et c'est tout ce qui compte. C'est la deuxième fois que tu me donnes rendez-vous dans ce pays qui vient de légaliser l'utilisation du cannabis. Un monopole officiel en assurera la mise en marché. Tu ne dois pas être content du tout, parce que c'est l'État maintenant qui va empocher les bénéfices. Mais l'Uruguay n'est qu'un petit marché et tu n'as pas à te tracasser, la criminalisation des stupéfiants a toujours un bel avenir devant elle sur la planète. Sans ça, jamais tu n'aurais pu abandonner ton petit commerce de vente de cannes à pêche tout près du marché Jean-Talon pour t'installer à Panama City, dans un penthouse de plus d'un million de dollars sur la Calzada de Amador, avec vue panoramique sur le Puente de las Américas, la baie de Panamá et les *skyscrapers* se détachant de la côte comme des feux de Bengale une nuit de Noël. Depuis que tu es avec ta pute, tu ne m'y invites plus comme par le passé. Je t'avais dit de faire attention à cette traînée que tu as rencontrée à Cartagena de Indias lors d'un voyage d'affaires en Colombie, mais je vois que tu ne peux plus t'en passer, du moins pour l'instant. Elle m'a fait suivre, souviens-t'en, la dernière fois que j'ai mis les pieds au Panamá pour te parler les yeux dans les yeux. Mon voyage dans la ville au nom insolite de David, avec le mascara qui me coulait sur le visage à cause de la sueur, n'a rien eu pour rendre mon séjour moins pénible. Puis la rencontre à Boquete dans cette maison à flanc de colline ne nous a permis qu'une soirée en tout et pour tout, alors que tu m'avais promis de t'occuper de moi. J'avais tout de même fait plusieurs heures de vol pour te voir, toi et non pas les limiers qu'elle avait mis à mes trousses. Tu t'es fâché en l'apprenant, mais rien n'a changé depuis. Tes coups de colère en trompe-l'œil et tes promesses en l'air, tout ça n'est que du toc. Des simulacres grâce auxquels tu te défiles. Tu as beaucoup changé depuis que tu es avec cette garce, tu n'es plus qu'une copie de toi-même. Tu t'enfonces dans la trahison qu'elle te dicte en fonction de ses besoins. Comment peux-tu me voir dès lors que tu es pris dans un désir qui n'est plus le nôtre ? Tu viendras pressé demain, c'est comme si je te voyais déjà, en coup de vent, privé de cette complicité qui nous rendait si légers, prêts à braver tous les obstacles, y compris ceux du sang. Tu viendras marquer ton territoire, mais pas pour l'occuper comme par le passé. Tu ne devrais pas me tenir pour acquise. Te sentant toujours maître de mon présent, tu viendras avec ton regard de propriétaire inspecter ce que tu convoitais jadis. Pourtant, dépossédé de toi-même, tu ne seras plus qu'une ombre à mes côtés. *Maïtena n'est pas méchante, je voudrais que tu apprennes à la connaître, les choses seraient moins compliquées,* m'as-tu dit lors de notre dernière rencontre. Comment as-tu eu le culot de seulement la nommer en ma présence ? J'ai alors compris combien cette salope avait réussi à s'incruster dans ta vie. Pourquoi ne pas avoir eu le courage de lui avouer dès le début qui je suis vraiment, en effaçant ainsi tout malentendu à mon sujet ? Avais-tu honte de moi ? Dois-je te rappeler que tu es le seul homme qui a frappé deux fois à ma porte : la première pour me faire naître, et la deuxième pour me transformer en femme ?

Deux fois femme, c'est donc avec une double amertume que je viens à Piriápolis pour une ultime rencontre. Qui aurait cru que cette ancienne station balnéaire où les eaux du Río de la Plata rejoignent celles de l'Atlantique serait l'endroit où je me détacherais de toi pour voler enfin de mes propres ailes ? La concierge m'attendait de pied ferme pour me remettre les clefs de l'appartement et celles d'une voiture de location, au cas où je déciderais de me balader en espérant que Monsieur se libère de la pute qui le tient en laisse. Mais pas besoin de voiture. La station balnéaire est petite et facile à explorer à l'aide de Google Earth. En un clic de souris, j'ai tout de suite trouvé la falaise au sommet de laquelle il suffira d'un tout petit pas pour m'extirper de ton écran. Arrivée à l'appartement, je suis sortie sur le balcon voir l'éclat de l'écume emportée par le vent tandis que les vagues déferlaient contre la jetée. Des vents orageux venaient de l'autre côté du fleuve qui vomit le sel d'une mer qu'il ne peut pas dompter. Vents rancuniers de la pampa arrachée aux Indiens par la famine et la spoliation. Vents qui soufflent sur les braises d'une histoire aussi sombre que la nôtre. Comme l'écume dont la blancheur ne brille que pour mieux mordre la poussière. C'est comme ça que je partirai, éparpillée aux quatre vents, méduse équarrie à même son haleine, maîtresse fille incapable de te partager, et folle à lier depuis l'aube de mes treize ans cueillis par toi un an après le suicide de maman à Panama City. Non, je n'avais pas encore treize ans quand tu es venu me réveiller en me tirant vers le bas. Le départ de maman flottait encore dans la maison comme une mauvaise odeur dont tu voulais te débarrasser à tout prix. Ne te trompe pas, ce n'est pas elle que je cherche à rejoindre, même si tout comme elle, je compte sur la mer pour emporter ma dépouille. Demain, après avoir lu ma lettre que te remettra la concierge, tu n'auras qu'à m'y chercher, mais n'oublie surtout pas de regarder en haut, là où l'écume prend son élan avant de disparaître. Si tu n'y vois pas mes restes — les restes de ce qu'il faut appeler contre vents et marées notre « amour » —, c'est que tu es assurément aveugle et que tu n'auras pas mérité que je fasse ce dernier voyage pour te fuir.

Le silence obscène des miroirs

Après une longue balade à travers les allées flanquées d'érables du parc La Fontaine, il avait décidé de regagner Saint-Dominique par Marie-Anne, en évitant Rachel, trop bruyante en ce dernier vendredi soir du mois d'août. C'était à l'angle de Marie-Anne et Saint-Denis très précisément qu'elle avait soudainement refait surface, comme un miroir qu'on croyait à jamais brisé mais qui vous ramène au passé. Combien d'années déjà depuis leur dernière rencontre à Ottawa, dans un restaurant du marché By où un musicien brésilien avait chanté *Ne me quitte pas* de Brel sur un air de samba ? En la revoyant tout à coup, après une journée sans parler à personne, il comprit que la nuit ne serait pas assez longue pour absorber le choc, d'autant plus qu'elle n'avait pas changé d'un poil malgré les années. Le même regard un tantinet moqueur qu'elle posait sur lui au bout du vieil escalier en colimaçon, qu'il grimpait en tenant bien la rampe tant les marches tombaient à pic du haut de la bâtisse. L'escalier soi-disant de secours, était un vrai casse-cou et conduisait à ce grenier mansardé transformé en studio qu'elle louait dans le Golden Triangle de la capitale fédérale. Quand elle le regardait, il sentait que nul filet de sécurité ne viendrait à son secours. Alors, il souriait dans l'espoir de se faire repêcher. Mais comment aurait-il pu se hisser jusqu'à elle sans ce geste de miséricorde d'une femme qui du haut de sa tour éclairait la nuit de ce quartier cossu d'Ottawa ? Comme un funambule qui fixe un point pour ne pas tomber dans le vide, il savait que son équilibre sur la corde ne tenait qu'à ce regard-là.

Les cheveux teints au henné et le visage anguleux frotté aux olives d'une Juive méditerranéenne, elle lui parlait d'une voix douce et grave à la fois. Lente dans ses gestes et bien trop grande pour un si petit logis, elle allumait des chandelles aux quatre coins de la mansarde, histoire d'élargir l'espace dont l'exiguïté avait facilité un baiser lors de leur première rencontre au début de l'automne. Les feuilles gorgées d'or et de rouille déposées sur la terrasse y avaient certes été pour quelque chose. L'intensité de son regard s'accommodait fort bien de ce décor fait pour flamber. Récemment engagée comme professeure à la Faculté des arts de l'université, elle faisait tout pour s'adapter à son nouvel environnement, y compris des efforts désespérés pour s'exprimer en anglais. Mais rien à faire, son anglais restait aussi peu accessible que l'escalier menant à sa chambre. Née à Alger, élevée à Marseille et diplômée à Montréal, elle accumulait les exils sans pour autant changer de regard. Ses yeux d'enfant braqués sur la mer en avaient gardé tout le sel d'une grâce infinie. Son corps réclamait l'océan à l'heure de l'amour, et elle y œuvrait comme un poisson dans l'eau. Comment aurait-il pu en être autrement puisque entre Alger et Marseille sa mer à elle n'avait pas changé de langue ? N'ayant jamais ressenti autant d'intensité auprès d'une femme, il avait eu du mal à apprivoiser son bonheur. C'était pourtant bien ça qu'elle exigeait, du haut de son attente. Décrocheur impénitent, incapable d'obtenir le moindre diplôme susceptible de le faire accepter à bord d'un quelconque bateau académique, il s'était contenté de l'aimer comme un phare qu'on ne visite que pour mieux le quitter dès les premiers signes d'orage à l'horizon.

— Gabriel, voudrais-tu avoir un enfant avec moi ?

— Un enfant ?

— Oui, un enfant.

— Ne vois-tu pas qu'il se fait tard, Paloma, et que le souffle me manque pour m'occuper de toi ? Comment veux-tu que j'aie un enfant avec toi ?

Il l'appelait Paloma et parfois Palo tout court. Puis, quand elle laissa tomber son poste à l'université pour regagner Montréal, il ne l'appela plus.

Des années plus tard, en la croisant accompagnée d'un homme dans une rue de la métropole québécoise, et la voyant le regarder muette comme une carpe, il comprit enfin que seul le silence obscène des miroirs pouvait remplacer à présent la mer abandonnée en haut d'une mansarde à Ottawa.

Guide pour parler à un enfant après la chute

Une journée chaude et humide de la mi-juillet à Montréal. Une rue étroite, hybride, résidentielle ici, commerciale un peu plus loin, carrément moche par endroits, quelques arbres rachitiques tronqués pour la plupart. De vieux couples portugais cramponnés encore à leurs duplex truffés d'images de la Vierge Marie au visage adolescent. Dirigez-vous vers le tronçon de Saint-Dominique entre Marie-Anne et Rachel, juste en face du parc des Amériques, cette échancrure sans laquelle la *Main* n'aurait pas de mamelle à offrir aux passants dans sa course bruyante et chaotique vers le Mile End. Il avait rendez-vous au Paris Lofts, à l'appartement au cinquième étage de Claude Charbonneau, pour se faire payer un dernier travail de décoration sur la terrasse de l'immeuble à un jet de pierre de la montagne. Il aurait pu lui envoyer un courriel, mais l'idée de vivre une petite heure au moins d'air climatisé avec un verre de rouge à la main en regardant le pont Jacques-Cartier et le mont Saint-Hilaire se découper à l'horizon le réconciliait avec la ville. C'est comme ça qu'il était reçu chaque fois qu'il se rendait chez l'administrateur de l'immeuble, qu'il connaissait depuis plusieurs années. Il avait très mal dormi la veille. Des histoires d'ex jamais drôles et souvent déchirantes quand il y a des dépouilles qui n'ont encore trouvé preneur ni d'un côté ni de l'autre.

Si seulement elle voulait reconnaître sa part de responsabilité dans la déconfiture de leur relation, juste sa part à elle, au lieu de tout rejeter en vrac sur son dos à lui. Puis, autant le dire tout de suite, il n'avait pas le dos d'un colporteur. Elle aurait probablement voulu qu'il fasse preuve de davantage de patience et qu'il l'accepte dans ses hauts et dans ses bas, surtout dans ses bas, *mais ça suffit, y en a marre, plein le cul, j'en ai plein le cul, m'entends-tu ?* qu'il disait, et à force de l'entendre, elle avait peut-être fini par croire qu'il y avait pris goût. Mais à quoi bon parler de Suzanne, une femme bourrée de talents qui faisait tout pour se rendre la vie impossible ? Quoi qu'il en soit, elle ne comptait plus pour lui. Ôte-la donc de ton histoire. Voilà qui est fait. Il venait ainsi de traverser Marie-Anne alors que le manque d'air oppressait sa poitrine de fumeur au point de lui donner l'impression d'étouffer. Il devait être près de quinze heures, mais il faisait trop chaud pour qu'il consulte sa montre, qui avait d'ailleurs la fâcheuse tendance à se mettre sur le côté du poignet dès que l'humidité devenait trop gluante. Au plus fort de la canicule, chaque été, il se promettait de faire installer un climatiseur dans l'appartement qu'il louait, mais il remettait toujours le projet à plus tard en essayant de se persuader que les vagues de chaleur ne duraient jamais trop longtemps à Montréal.

Observez son regard au moment où il découvre tout à coup le vélo abandonné au sol et l'enfant, le dos appuyé contre le mur de l'ancienne usine textile, avec le bras droit plié en équerre et écorché tout comme les genoux. Un peu de sang ici et là ; n'ayant pas de casque, aurait-il été blessé à la tête ? Sonné, l'enfant qui vient vraisemblablement de faire une chute n'a pas l'air pourtant d'être affolé. Son maintien est calme et ses yeux fixent le vélo sur le trottoir. Regardez l'homme s'arrêter tout à coup, puis se recroqueviller à ses côtés, lui prendre le poignet pour lui tâter le pouls. Écoutez sa voix alerte, d'autant plus dégagée et distincte qu'il ne parle plus de lui. La chute de cet enfant qui ne doit pas avoir plus de dix ans l'a fait sortir de sa torpeur et il peut enfin regarder la rue à l'œil nu, sans lunettes fumées.

— Est-ce que ça va ? Veux-tu que j'appelle le 911 ?

Les yeux noirs de l'enfant se tournent vers lui et l'homme ressent sans savoir pourquoi une bouffée de tendresse qui lui monte à la tête comme une liqueur chaude.

— Non, j'ai rien… C'est pas la peine… Il faut pas s'en faire…

L'enfant ne dit pas merci, mais la douceur de son regard l'exprime à sa façon. Il a les cheveux ébouriffés ; l'homme s'assure que sa tête n'a pas touché le sol. Le pouls bat normalement et les ecchymoses, en dépit du sang, sont plutôt superficielles. Des égratignures qu'un peu d'alcool aidera à désinfecter. L'homme souffle, soulagé. Même le vélo ne paraît pas endommagé. Un très vieux vélo du reste, avec les plaquettes de freins usées jusqu'à la corde, ce qui explique probablement l'origine de l'accident. Les vêtements de l'enfant, eux aussi, semblent venir d'une de ces friperies dont le quartier regorge. Il lui dit qu'il va monter chercher de l'alcool et des pansements pour soigner ses blessures. L'enfant n'a pas l'air d'y accorder beaucoup d'importance, c'est autre chose qui vient d'éveiller sa curiosité. L'homme le voit à son regard pétillant.

— Est-ce que vous habitez là-dedans ? demande-t-il en pointant l'immeuble sur lequel il s'appuie.

— Non, j'y ai travaillé récemment, sur la terrasse.

Les yeux de l'enfant se sont élargis. L'ancienne usine textile transformée en lofts de luxe en 2005 représente le summum de l'architecture de style industriel dans ce coin du Plateau. Ça, il ne peut pas le savoir, mais, d'instinct, il admire l'équilibre entre le béton et le verre. Impossible de ne pas tourner la tête en passant devant. D'après Serban, le concierge roumain qui veille sur place, les nombreux graffitis qu'il doit effacer chaque semaine seraient l'expression de la rancune sociale que ce type d'immeuble déclenche chez les moins nantis du quartier. Le décorateur n'y croit goutte puisque lui-même, une fois son travail achevé en haut de la bâtisse, avait eu envie d'apposer son tag avec de la peinture aérosol sur le mur face au parc des Amériques.

— Tu veux y monter?

L'enfant faisant oui de la tête, l'homme l'aide à se remettre debout. Ayant vérifié que tous les os du garçon sont bien en place, il dépose son vélo dans le hall, dont les très hauts plafonds en béton brut semblent conçus pour des géants. L'homme fait une brève halte au cinquième chez l'administrateur des Paris Lofts, qui lui fournit de l'alcool et des pansements. Une fois sur la terrasse, la vue panoramique de Montréal se déploie tel un carrousel qui vous fait tourner en bourrique. L'enfant n'en revient pas. Dire qu'en un clin d'œil on peut quitter les aspérités de l'asphalte pour se hisser au sommet de la ville, comme si de rien n'était. Entre la montagne à l'ouest et la tour inclinée du Stade olympique à l'est, le regard du garçon plane comme un pigeon qui a enfin quitté la cage qui bloquait ses ailes. Le jeune visiteur affiche ouvertement sa fascination pour le mât du Stade olympique.

— C'est la tour inclinée la plus haute au monde, dit l'homme en tamponnant l'avant-bras du garçon à petits coups d'ouate imbibée d'alcool.

— On la voit vraiment bien à partir d'ici, la tour, c'est pas comme quand je suis en bas…

Maintenant qu'un début de confiance s'est créé chez l'enfant, regardez le visage de l'homme se détendre et entendez sa voix devenir de plus en plus proche de ce qu'il ressent.

— Peux-tu me dire maintenant ce qui s'est passé au juste sur le trottoir ? demande-t-il en se tournant vers l'enfant.

Au delà de l'intérêt momentané du garçon pour la tour, une tristesse qu'on dirait ancienne transparaît dans son regard. Il est rendu à l'âge où la voix des autres plane sur la sienne comme un oiseau de malheur. Ça se sent à sa manière de parler si bas, comme s'il avait peur de se faire reprendre.

— C'est pas la première fois que je tombe du vélo… Papa dit que je suis maladroit… et que je ferais mieux de courir à pied…

— As-tu souvent envie de courir ?

— Oui, quand il se met à battre maman…

— Est-ce que ça arrive souvent ?

— Oui et je suis pas capable de le voir…

Observez la main de l'homme, pris en tenaille entre son désir de caresser la tête de l'enfant et son devoir de réserve face à une violence qu'il préfère ne contempler que du haut des immeubles résidentiels où il se fait embaucher. En tant que décorateur d'extérieur, il n'a pas à se mêler du vécu des gens. Pourtant. Avait-il le même âge quand il a vu son propre père frapper sa mère à Lima, dans leur maison au bord du Pacifique ? Lui aussi prenait son vélo après avoir essayé en vain de séparer ce couple dont la haine le poussait à se mettre en pièces jusqu'à l'arrivée d'un nouveau jour. Et si la chute de cet enfant n'était tout compte fait que la sienne, revue et corrigée trente ans plus tard, un passé dont il se croyait débarrassé mais qui ressurgit sans prévenir sur un coin de rue de Montréal, tandis que sa vieille mère à Lima vit son interminable veuvage comme une autre forme de violence ? Là-bas où la mer est toujours glacée parce que deux courants océaniques, l'un chaud et l'autre froid, s'enchevêtrent dans une lutte à parts égales, elle rumine ses années perdues dans un retour en arrière aussi obstiné que stérile.

Tout en haut de l'immeuble à l'angle de Rachel et Saint-Dominique, l'homme regarde l'enfant maintenant apaisé et il retient encore une fois sa main tout en gardant le silence. D'autres mots viendront, mais, pour l'instant, il préfère attendre. Il goûte ce moment de paix soudaine qui gagne la terrasse tandis que le passé prépare en sourdine sa prochaine embuscade.

Au moment de quitter la terrasse, ne cédez pas à la tentation de regarder en arrière, car à l'étape où vous êtes du parcours une rechute est toujours possible.

Délit de fuite

Nous étions à l'étage quand elle est arrivée avec sa valise bien trop petite pour quelqu'un qui venait de si loin. Elle portait un chapeau de feutre blanc coupé en capeline et des lunettes fumées. On aurait dit qu'elle avait maigri, mais son port de tête semblait aussi élégant et délicat que par le passé. J'ai pensé au long cou d'une girafe en cristal qui trônait en haut de la bibliothèque de ma chambre depuis le jour de ma première communion. Maman a regardé longuement l'entrée principale, les deux colonnes en bois torsadé flanquant le perron, le jardin et la vieille façade en brique qui rougeoyait au soleil couchant. D'un geste lent, beaucoup trop lent pour s'harmoniser avec l'impatience qui bouillait dans la maison depuis la nouvelle de son retour imminent, elle a fait glisser les lunettes vers le haut pour les caler sur son front. Sa manière à elle peut-être de nous dire : « Je sais que vous êtes là à me regarder derrière les stores du premier étage. » Lorsque ses yeux ont fixé la fenêtre derrière laquelle nous l'observions, nous avons fait un pas en arrière. Père nous avait avertis de ne pas nous montrer jusqu'à ce qu'il nous appelle. Il devait lui parler en premier, à huis clos qu'il disait. Il lui fallait un protocole d'entente, s'était-il justifié. L'air sidéré, nous nous étions regardés, toi et moi, sans piper mot. Un protocole d'entente ? Comment pouvait-il employer une formule aussi bureaucratique alors que sa femme rentrait à la maison après sept ans d'absence? Nous en étions à nous demander s'il comprenait vraiment ce qu'il exigeait de nous. Nous en avions la gorge nouée. Aucun mot ne sortait de nos bouches, mais nous n'en pensions pas moins. Il ne voulait aucun témoin. *Rien qu'elle et moi, en tête à tête, tous les deux. Personne ne doit nous déranger.* Tant que nous vivrons, ma sœur et moi, nous n'oublierons jamais la détermination dans sa voix crispée, comme s'il cherchait à nous enfoncer chaque mot dans le crâne. Nous pouvions comprendre qu'au bout d'une si longue absence ils aient des choses à se dire, mais pourquoi nous maintenir à l'écart dès l'arrivée de maman? Comment ne pas l'accueillir à bras ouverts alors qu'elle rentrait enfin à la maison et que nous n'étions que des enfants? Nous aussi, nous voulions lui parler.

J'avais huit ans à l'époque du départ de maman, et ma petite sœur n'en avait que six.

Partir, pour moi, c'est une autre façon de vous aimer.

C'est moi qui avais trouvé le message écrit avec du rouge à lèvres sur le miroir au-dessus du lavabo du rez-de-chaussée. Papa s'étant refusé à le lire, il avait demandé à la bonne de nettoyer immédiatement la glace. *Un jour, il faudra bien qu'elle me parle en me regardant droit dans les yeux,* avait-il dit les mâchoires serrées. De mon côté, j'aurais vraiment souhaité garder le message; c'était tout ce qui nous restait de maman, en fin de compte. Son mot au rouge à lèvres rien que pour nous, et sur le miroir où elle avait dû se regarder pour la dernière fois avant de quitter la maison. Pourquoi ce besoin si urgent chez elle de rompre avec sa vie de couple et de prendre la route d'une façon si radicale? À l'époque, nous ne pensions pas qu'elle l'avait fait sur un coup de tête. Nous craignions, toi et moi — t'en souviens-tu? —, d'être la cause de ce voyage précipité. Elle n'en pouvait probablement plus de nous retrouver tout le temps sur son chemin. Nous voulions toujours capter son attention, vivre en quelque sorte sous le regard rêveur qu'elle projetait sur les autres. Il y avait également sa douceur, qui l'accompagnait partout où elle mettait les pieds. À croire qu'elle était à l'abri des tensions dans lesquelles baignaient les faits et gestes de papa. Puis, tout à coup, ce message au rouge à lèvres dans la salle de bain du rez-de-chaussée et son absence se répandant comme un trou d'air qui aspire tout sur son passage. Besoin de s'arracher à cette maison bien trop grande et trop bourgeoise pour une jeune femme qui préférait vivre les pieds dans l'eau? Nous savions tous qu'elle n'avait pas été d'accord avec la vente du bungalow au bord de la rivière des Outaouais, à Aylmer, et encore moins avec notre installation dans ce quartier huppé de la capitale fédérale, qu'elle détestait. Elle trouvait les voisins prétentieux et superficiels. Mais était-ce une raison pour tout abandonner? Où était-elle allée? Pourquoi ce départ si foudroyant qui nous fit l'effet d'un couperet? Sans se trahir, elle aurait pu au moins nous y préparer, ne serait-ce que graduellement, à petits pas, afin d'éviter de nous faire nous sentir coupables. Père garda le silence longtemps avant de nous révéler, un dimanche gris d'hiver, qu'elle était en Indonésie. En *In-do-né-sie!* nous étions-nous exclamés à l'unisson. *Oui, à Bali, pour être précis, une île dans l'océan Indien*, avait-il ajouté sur un ton péremptoire qui mettait un terme à la conversation. *Bali? Pourquoi si loin?* avais-je osé demander, mais il avait préféré ne rien répondre, jusqu'au lendemain, où il m'avait confié qu'elle y vivait avec quelqu'un. Quelqu'un qui la rendait heureuse. C'était la première fois que j'avais vraiment de la peine pour mon père. Il ne manifestait jamais sa douleur, excepté ce matin-là, où j'avais vu son visage se décomposer comme s'il allait se mettre à pleurer. Il m'avait demandé de ne rien te raconter, mais, comme tu sais, je ne tins pas ma promesse. Je ne pouvais pas te laisser dans l'ignorance. *Un jour elle reviendra*, avais-tu alors affirmé. Étonné, j'avais voulu savoir pourquoi tu disais ça. *Parce qu'il n'y a pas d'île heureuse*, avais-tu conclu. Cette réponse à la Mafalda m'avait ébranlé parce que je sentais que c'était probablement le seul moyen de conserver vivant l'espoir de revoir maman un jour.

La nuit du retour de maman fut interminable, tout comme l'anxiété qui nous empêchait de fermer l'œil. Fébriles, nous guettions le moindre bruit. Nous voulions savoir ce qu'il en était des retrouvailles entre nos parents. Si seulement ils arrivaient à se parler sans laisser le passé se tailler la part du lion, mais quelques éclats de voix venant d'en bas nous firent vite comprendre que personne ne viendrait nous embrasser sur le front avant que nous nous couchions. En t'entendant sangloter dans le noir, je quittai la chaise où j'essayais de mettre de l'ordre dans mes idées pour aller me coller contre toi. Tu ne voulais pas être seule dans ta chambre et je restai à tes côtés pour te tenir compagnie en attendant l'aube. Moi aussi, j'avais envie de pleurer, mais je me retenais pour ne pas augmenter ta peine. *Tout va se remettre en place comme avant, tu verras.* C'était moi qui parlais dans l'obscurité, cherchant à apaiser tes inquiétudes. *C'est normal qu'il lui parle après tant d'années de silence, mais pourquoi faut-il qu'il soit le seul à le faire ? Puis pourquoi faut-il qu'il crie à tue-tête alors qu'elle rentre d'un si long voyage, qu'elle doit être crevée et qu'elle a besoin de dormir tout comme nous ?* Tu avais raison sans doute, mais je ne voulais pas l'avouer. À quoi bon ? Je n'aurais fait qu'exacerber ton désarroi. *Il faut se mettre à la place de papa. Il a quand même le droit de lui dire tout ce qu'il a souffert pendant son absence. Quelle meilleure manière de la recevoir que celle-là ?* Ton silence m'obligea à reprendre la parole. *Je veux dire qu'il a gardé la maison dans l'état où elle l'avait laissée, sans jamais nous imposer une autre femme à la place de maman.* Tu avais attendu longtemps avant de réagir. Tu ne sanglotais plus et ta voix, en dépit de ton jeune âge, reprenait ce ton de sagesse qui me déconcertait parfois chez toi. *Tu sais, je crois que s'il avait refait sa vie, nous serions maintenant en compagnie de maman. Elle a eu au moins le courage de vivre sa liberté alors que lui n'a fait que s'enfermer dans un rétroviseur. Ne vois-tu pas qu'il nous traite comme si nous étions des enfants ? Pourquoi faut-il toujours faire ce qu'il veut ? N'avons-nous pas nous aussi le droit de la voir, maman ? Après tout, c'est peut-être aussi pour nous qu'elle est revenue.* Je comprenais ta révolte, mais je ne pouvais pas l'approuver. Depuis le départ de maman, j'avais veillé sur toi, et je savais que sous ton air calme et posé s'agitait un esprit rebelle. J'avais peur qu'un jour tu décides toi aussi de prendre la route. Il fallait que je me tienne près de toi. Je ne devais pas te lâcher, puis il y avait papa qui me le rappelait tous les jours : *Tu es l'aîné et tu devras prendre soin d'elle quand je ne serai plus là.* C'est ce qu'il ressassait, comme si lui aussi, un jour, allait nous quitter. Petit à petit, c'était donc sa place que je prenais en quelque sorte et, à mon corps défendant, j'avais un peu tendance à l'imiter. Mais au fur et à mesure que la nuit cédait la place aux premières lueurs du matin, je sentis que tu avais raison de lever ta voix contre le sort qui nous était fait. Pourquoi avoir passé toute une nuit dans la frayeur et dans l'ignorance de ce qui se tramait sous nos pieds alors qu'il se l'accaparait comme si nous n'existions pas ? Quoi qu'il en dise, nous étions ses enfants malgré tout. Et si elle n'était revenue que pour nous, rien que pour nous ? De l'eau avait coulé sous les ponts depuis son départ pour l'Asie et notre sentiment de culpabilité avait, en partie du moins, été gommé par le portrait d'un père certainement trop sévère pour être aimé par une femme aussi libre que maman.

— Descendons la chercher. Il est grand temps que nous lui parlions, toi et moi.

Jamais, au grand jamais je n'oublierai ni le ton ferme de ta voix ni l'expression farouche de ton visage qu'une nuit blanche avait suffi à faire mûrir.

— Oui, il le faut, ça au moins, elle nous le doit.

Nous descendîmes en dépit de tout comme si nous marchions sur des œufs. Un silence glacé régnait dans la maison. Le moindre bruit résonnait comme un tonnerre dans nos oreilles tendues par une nuit sans sommeil.

Alors que nous nous engagions dans le couloir qui menait vers la chambre à coucher des parents, nous vîmes papa sortir de la salle de bain d'un pas hésitant. En remarquant notre présence, il ouvrit les bras avec le geste de quelqu'un qui ne peut que faire obstacle à la vie.

— Arrêtez-vous ! Arrêtez-vous, malheureux ! Je vous interdis de faire un pas de plus ! Il ne faut pas venir ici !

Les cheveux en broussaille, il avait le visage blême, et sa chemise maculée de sang était déchirée par endroits. Il nous donna tout d'abord l'impression d'avoir saigné du nez. La voix qui sortait de sa gorge n'était plus celle de notre père. Ses yeux nous fixaient sans nous voir. Son corps qui nous barrait le couloir tremblait par saccades.

— Es-tu blessé, papa ? Veux-tu qu'on appelle l'ambulance ? demandas-tu d'une voix étranglée sous le coup de l'émotion.

Il hocha la tête de gauche à droite comme un automate. Le regard égaré, il cherchait quelque chose derrière nous, comme s'il avait perdu cette dernière bouée sans laquelle il n'aurait pas tenu le coup pendant si longtemps. À le voir ainsi, nous comprîmes que le sang ne venait pas de lui.

— Nous voulons la voir, tu ne peux pas nous en empêcher, il faut que nous la voyions !

Pour la première fois, toi et moi hurlâmes ensemble. Le cri était devenu notre seule arme contre cet homme qui n'était plus notre père.

Il y eut un silence pendant lequel il fixa ses deux mains comme s'il leur demandait des comptes, puis sa voix refit surface, cassée et spectrale, ignoble et sinistre :

— Elle est repartie pour de bon cette fois-ci. Pas la peine de la chercher, elle ne reviendra plus jamais.

Nos voix mêlées avaient du mal à se frayer un chemin, mais nous réussîmes à poser la seule question qui comptait à présent :

— Où est-elle, maman ?

Alors, d'une voix qu'on aurait dit sortie d'une gorge de robot, il dit :

— J'étais prêt à lui pardonner, je vous le jure, mais quand elle m'a dit que partir était une autre façon de nous aimer, je n'ai pas été capable de faire taire les sept années d'absence qu'elle nous avait imposées.

Le feu et la frontière

Ma rencontre avec le feu s'est passée il y a plusieurs années alors qu'en compagnie de Nora, ma mère, je traversais la Bolivie en quête de Pablo Castelli, qui avait quitté l'Argentine pour s'exiler au Pérou. Transfuge, le mari de Nora l'était déjà, montant sur des trains qui traversaient la cordillère comme des chevaux de feu qu'elle aurait voulu dompter à son tour. À la décharge du fugitif, disons que l'Argentine de l'époque, sous le discours démagogique des péronistes[1] au pouvoir, faisait tout pour chasser ses artistes les plus rebelles. Peintre et funambule tout à la fois, mais aussi coureur de jupons dès que maman avait le dos tourné, Pablo vivait avec le feu entre les cuisses.

J'étais haut comme trois pommes, mais je n'arrêtais pas de m'agiter dans ce train qui semblait s'essouffler à vouloir grimper les hauts plateaux des Andes avec des troupeaux de lamas, d'alpagas et de vigognes éparpillés des deux côtés des voies ferrées.

Je me revois en train à partir non pas de mes yeux à moi, mais d'un reflet qui vient des voyageurs, les témoins, et d'un second regard, celui de Nora, qui m'a rapporté

1. Mouvement populiste d'inspiration fasciste créé par le militaire Juan Perón (1895-1974) en Argentine, fruit du coup d'État de 1943 effectué par le GOU (Groupe des officiers unis), qui s'opposa à la participation de la nation sud-américaine dans la Seconde Guerre mondiale, du côté des Alliés (note de l'auteur).

plus tard ce qui m'était arrivé. Oui, je me revois dans la lenteur de ce regard qui vient à ma rencontre alors que le train découvre des volcans à l'horizon et que le feu couve en dessous comme une promesse de retour. Le retour de mon père adoptif à la maison ? Voyager pour rejoindre un foyer qui ne doit pas s'éteindre ? Attiser le feu en arpentant les Andes, se déprendre du sol argentin pollué par la politique, intoxiqué par un populisme de pacotille dont Pablo se prévaudrait toujours pour justifier son abandon du foyer ? Restaient derrière nous, à Buenos Aires, les toiles de l'artiste et le chevalet en bois avec lequel il enjambait l'estuaire du Río de la Plata pour rejoindre Colonia del Sacramento, Montevideo ou encore Punta del Este, un chapelet de villes côtières uruguayennes où, selon les propos mélancoliques de Nora, son époux rencontrait des maîtresses. Mais c'étaient ses toiles en grand format qui envahissaient l'espace à l'époque, qui transformaient ce dernier tout en nous faisant vivre, Nora et moi, comme des personnages de tableaux au point de nommer les lieux de la maison en fonction des motifs de sa peinture : le tableau de Tilcara, le paysage de Tafí del Valle, les marinas du Riachuelo, les aquarelles du Puerto de Buenos Aires…

Une fois la frontière franchie entre la Bolivie et l'Argentine sur les traces de Pablo Castelli, la vue des crêtes de la cordillère des Andes occupait l'horizon comme une de ces toiles dont il nous enveloppait à Buenos Aires, sorte de chapiteau nous mettant à l'abri de la violence qui gagnait les rues de la capitale argentine. Au bout du couloir de ce train-là, il y avait un réchaud à gaz qui permettait aux voyageurs de faire bouillir de l'eau pour le maté, cette infusion de feuilles torréfiées, pulvérisées, sans laquelle la vie serait inconcevable pour un habitant de la pampa. Suspendu entre le plafond et le plancher, un peu à l'écart du couloir, il brillait et servait de torche à ceux qui se dirigeaient vers le wagon-restaurant. J'aimais le wagon-restaurant, le seul endroit où les gens semblaient échanger vraiment les uns avec les autres ; puis il y avait cette serveuse qui se penchait au-dessus des tables pour remplir la tasse des clients. Elle était derrière moi, d'ailleurs, le soir où j'ai quitté mon siège pour me rendre au wagon-restaurant. Nora sommeillait, ou rêvait-elle à d'impossibles retrouvailles ? La serveuse me talonnait avec son chariot fumant et le cérémonial qui accompagnait son déplacement entre deux rangées. Avais-je voulu lui céder le pas afin qu'elle puisse franchir sans délai le wagon précédant le nôtre ? Ou était-ce l'attrait du feu qui expliquait mon écart soudain et le besoin de chercher appui sur les équerres servant de base au réchaud ? Il suffit d'un virage à peine esquissé au creux d'une vallée pour que le feu crache sur moi ses entrailles bouillantes. Non, ce n'était pas un accident : un accident, c'est ce qui, à bien des égards, arrive par hasard. Là-bas, c'est comme ça que je le vois aujourd'hui, c'était un attrait ou plutôt un leurre que le feu, ce feu si lent de l'exil, déployait devant mes yeux d'enfant. Un enfant myope comme je l'étais ne voit pas le feu comme tout le monde. Il éprouve le besoin de s'en rapprocher, de le voir de près et, si possible, de le toucher, alors que la flamme vous rappelle que vous n'êtes plus dans un rêve, dans l'éclipse du réel, ce pli, cette fracture où un père et un mari tout à la fois disparaissent sans laisser de traces.

Le feu aura donc été pour moi cette porte entre deux pays, cet adieu à la frontière qui débouche sur un voyage me découvrant toujours aux prises avec ce qui me brûle. Car le feu, tout comme moi, avait renoncé à ses premières racines pour mieux fixer son intensité. Ce n'était pas le *fuego fatuo* des romanichels qui à l'entrée des grandes villes laissaient entendre la mélancolie de leurs violons ; ni le feu follet des nuits de carnaval, qui scintillait au bord de la plage à la fin de l'été, à l'époque où le chevalet de Pablo était encore avec nous ; c'était un feu qui, lui aussi, fuyait le foyer, le débordant en tout cas, fugitif et fugace, foudroyant aussi, mais toujours aux aguets, embusqué, chasseur furtif prêt à s'éclairer à chacune de ses rencontres, fidèle à lui-même, ne trahissant jamais ses flammes, braqueur à l'affût, s'effilochant au rythme de ses escales, prédateur invétéré et pourtant myope lui-même, car ayant besoin de toucher pour voir ; il masque ses cendres ne cédant pas aux dépouilles, qu'il rallume dans la mémoire des nuits avec le souffle d'un ventriloque multipliant les voix dans un théâtre de braises. Succession de flammes, lutte d'une intensité contre l'autre, agonie ciblée d'un rouge qui barre l'horizon à tout jamais.

Puisque le feu tue ce qui le fait naître, pourquoi faudrait-il, Nora, que je t'épargne à l'heure de raconter nos dépouilles ? Pourquoi te cacher derrière tous ces sourires de femmes mélancoliques rencontrées au bord de la route ?

Comment le feu pourrait-il du reste se fuir lui-même puisqu'il fait corps avec ce qui le dévore ? Assujetti à un lieu entre deux espaces, à un espace d'intervalle, matrice d'une nouvelle frontière qui brûle la carte où se réfléchit le territoire, comme les premiers habitants de la pampa argentine, il confie à une lente, très lente combustion le sort d'un corps coupé de sa tête, un corps dont il anéantit l'ombre pour mieux l'exaspérer, car c'est bien la chair qui crame au milieu des flammes tandis que les yeux regardent ce rougeoiement qui rend la frontière proche et lointaine en même temps. Regard rugi dans le champ dévasté, ruiné par le désir d'une femme devenue braise elle-même à force de ne plus vivre qu'en écho l'amour parti en vadrouille. Parti en vadrouille d'un corps qui n'est plus là. Et cette mémoire qui brûle de ne plus brûler. Témoin de sa propre chute, le regard de celui qui brûle apparaît dès lors comme un évadé ayant dû quitter sa peau pour regarder le monde à partir de ses restes. Le feu n'existe que dans le regard de celui qui l'habite. Mais comment peut-on vivre avec le feu alors que le train qui a traversé les hauts plateaux de la Bolivie en quête d'un père en fuite s'est arrêté depuis bien longtemps ? Certes, le train s'est immobilisé à la gare de Lima, mais le feu brûle toujours. Comment peut-on rendre compte d'un feu qui a troqué le corps de l'enfant pour une mémoire d'adulte ? Comment pourrait-on fuir ce qui nous embrase au point d'éclairer l'agonie de Nora ? Comment se déprendre d'un feu sans lequel le passé de cette femme à la recherche d'un fugitif resterait obscur, incompréhensible, condamné à l'oubli ?

C'est peut-être pour récupérer les restes de cette femme que le feu accueille d'escale en escale ces trousseaux de mots n'ouvrant que sur des tisons et des braises. De l'ardente dépouille de Nora ne reste que peu de chose, mais le fils l'ignore, car la brûlure l'anime au point qu'il ne voit qu'elle.

↳ or, dans la nouvelle ...
de la même oeuvre, ...
(thème du CR)

Remerciements

Je tiens à remercier tout particulièrement Gaëtan Lévesque pour son ouverture d'esprit, son écoute et ses conseils avisés, ainsi que Jacques Richer et Régis Normandeau qui ont généreusement contribué à la production du présent ouvrage.

Table

Dans la collection « Prise deux » (format compact)

Daniel Castillo Durante, *La passion des nomades*, roman.
Esther Croft, *Tu ne mourras pas*, nouvelles.
Sergio Kokis, *Les amants de l'Alfama*, roman.
Sergio Kokis, *L'amour du lointain*, récit en marge des textes.
Sergio Kokis, *L'art du maquillage*, roman.
Sergio Kokis, *Errances*, roman.
Sergio Kokis, *Le fou de Bosch*, roman.
Sergio Kokis, *La gare*, roman.
Sergio Kokis, *Le magicien*, roman.
Sergio Kokis, *Le maître de jeu*, roman.
Sergio Kokis, *Negão et Doralice*, roman.
Sergio Kokis, *Le pavillon des miroirs*, roman.
Sergio Kokis, *Le retour de Lorenzo Sánchez*, roman.
Sergio Kokis, *Saltimbanques* suivi de *Kaléidoscope brisé*, romans.
Sergio Kokis, *Un sourire blindé*, roman.
Andrée Laurier, *Le jardin d'attente*, roman.
Andrée Laurier, *Mer intérieure*, roman.
Hélène Rioux, *Les miroirs d'Éléonore*, roman.

Dans la collection « Réflexion » (essais et études)

Jacques Cardinal, *Filiations. Folie, masque et rédemption dans l'œuvre de Michel Tremblay.*

Jacques Cardinal. *Humilité et profanation.* Au pied de la pente douce *de Roger Lemelin.*

Roland Chollet et Stéphane Vachon, *À l'écoute du jeune Balzac. L'écho des premières œuvres publiées (1822-1829)*, textes présentés par Roland Chollet avec la collaboration de Stéphane Vachon, réunis et annotés par Stéphane Vachon avec la collaboration de Roland Chollet [en coédition avec les Presses Universitaires de Vincennes].

Marcel Moussette et Gregory A. Waselkov, *Archéologie de l'Amérique coloniale française.*

GARANT DES FORÊTS INTACTES

Cet ouvrage composé en New Baskerville
a été achevé d'imprimer en août deux mille quatorze
sur les presses de

MARQUIS
(Québec), Canada.